जीवनी
स्वामी विवेकानंद

लेखक
शुभम गुप्ता

प्रभाकर
प्रकाशन

ISBN: 978-93-90605-63-7
eISBN: 978-93-90605-64-4

प्रकाशक: प्रभाकर प्रकाशन
प्लॉट नं.-55, मेन मदर डेयरी रोड
पांडव नगर, ईस्ट दिल्ली-110092
फोन: 011-40395855
व्हाट्स ऐप: +91 8447931000
ई-मेल: Sales@pharosbooks.in
वेबसाइट: www.pharosbooks.in
संस्करण: 2021
कवर डिज़ाइन: वीरेन्द्र सिंह भंडारी
इनर डिज़ाइन: सुरेन्द्र कुमार

जीवनी स्वामी विवेकानंद
लेखक: शुभम गुप्ता

भूमिका

स्वामी विवेकानंद जैसे महापुरुष सदियों में एक बार ही जन्म लेते हैं, जो अपने जीवन के बाद भी लोगों को निरंतर प्रेरित करने का कार्य करते हैं। ऐसे महापुरुषों के स्मरण कर लेने मात्र से ही निराश व्यक्ति भी निराशा से आशा की ओर बढ़ने लगता हैं। वास्तव में, वह अपना जीवन केवल दूसरों के लिए जीते हैं। "जितना बड़ा संघर्ष होगा जीत उतनी ही शानदार होगी", "उठो, जागो और तब तक मत रुको जब तक लक्ष्य की प्राप्ति ना हो जाए" जैसी तमाम उक्तियों के स्वामी विवेकानंद उन महान व्यक्तियों में से एक हैं, जिन्होंने विश्व भर में भारत का नाम रोशन करने का कार्य किया। एक सामान्य परिवार में जन्म लेने वाले नरेंद्रनाथ अपने ज्ञान तथा तेज के बल पर विवेकानंद बने। श्रीरामकृष्ण को अपना आध्यात्मिक गुरु मानने के बाद वह स्वामी विवेकानंद कहे जाने लगे। वास्तव में स्वामी विवेकानंद एक सच्चे गुरुभक्त भी थे क्यूंकि तमाम प्रसिद्धि पाने के बाद भी उन्होंने सदैव अपने गुरु को याद रखा और रामकृष्ण मिशन की स्थापना करते हुए अपने गुरु का नाम रोशन किया। स्वामी विवेकानंद ने अपने भाषणों द्वारा पूरे विश्व भर में भारत तथा हिंदू धर्म का नाम रोशन किया। उन्होंने बताया कि जिस तरह भिन्न-भिन्न नदियां अंत में समुद्र में ही मिलती हैं, ठीक उसी प्रकार विश्व के सभी धर्म अंत में ईश्वर तक ही पहुंचते हैं। समाज में फैली कट्टरता तथा सांप्रदायिकता को रोकने के लिए हम सबको आगे आना होगा क्यूंकि बिना सौहार्द तथा भाईचारे के विश्व तथा मानवता का पूर्ण विकास संभव नही है। अपने जीवन में तमाम विपत्तियों के बावजूद भी स्वामी विवेकानंद कभी सत्य के मार्ग से हटे नहीं और जीवन भर लोगों को ज्ञान देने का कार्य किया। जीवन के अंतिम दिन उन्होंने शुक्ल यजुर्वेद की व्याख्या की और कहा "एक और विवेकानंद चाहिए यह समझने के लिए कि इस विवेकानंद ने अब तक क्या किया है।" वह एक ऐसे व्यक्ति थे जिनके जीवन से हम सदैव कुछ ना कुछ सीख सकते हैं। यही कारण है कि आज भी वह युवाओं में इतने लोकप्रिय बने हुए हैं। स्वामी विवेकानंद को युवाओं से बड़ी उम्मीदें थी। स्वामी विवेकानंद के जीवन पर आधारित यह किताब सभी युवाओं का मार्गदर्शन करेगी।

॥ अनुक्रमणिका ॥

1

स्वामी विवेकानंद का जीवनवृत्त

प्रेरक विचारों, प्रसंगों, कहानियों, कथनों, वेदान्त और आध्यात्मिकता के विख्यात स्वामी विवेकानंद का जन्म एक ऐसे नए समाज की रचना के लिए हुआ जिसमें धर्म या जाति के आधार पर मनुष्य-मनुष्य के मध्य कोई भेद न रहे। स्वामी विवेकानंद ने अपना जीवन मानवता और दूसरों के हित के लिए न्यौछावर कर दिया। स्वामी विवेकानंद के जन्म के लिए उनके माता-पिता ने सालों तक पूजा-अर्चना की। साथ ही इनके जन्म से पहले उनकी माँ व्रत-उपवास किया करती थीं। यह सिलसिला लगभग दो वर्षों तक चलता रहा। स्वामी विवेकानंद का जन्म 12 जनवरी 1863 कलकत्ता (अब कोलकाता) बंगाल में हुआ और वह जीवनभर अविवाहित रहे।

स्वामी विवेकानंद का वास्तविक नाम नरेन्द्रनाथ दत्त था। इनके पिता श्री विश्वनाथ दत्त कलकत्ता हाईकोर्ट के एक प्रसिद्ध वकील थे। उनके पिता पाश्चात्य सभ्यता में विश्वास रखते थे। वे अपने पुत्र नरेन्द्र को भी अँग्रेजी पढ़ाकर पाश्चात्य सभ्यता के ढर्रे पर चलाना चाहते थे। इनकी माता श्रीमती भुवनेश्वरी देवीजी धार्मिक विचारों की महिला थीं। उनका अधिकांश समय भगवान शिव की पूजा-अर्चना में व्यतीत होता था।

स्वामी विवेकानंद ने अपनी इच्छा से संन्यास ग्रहण किया। उनकी बुद्धि बचपन से बड़ी तीव्र थी और परमात्मा को पाने की लालसा भी प्रबल थी। इस हेतु वे पहले 'ब्रह्म समाज' में गये किन्तु वहाँ उनके चित्त को सन्तोष नहीं हुआ। वे वेदान्त और योग को पश्चिम संस्कृति में प्रचलित करने के लिए महत्त्वपूर्ण योगदान देना चाहते थे। स्वामीजी दस भाई-बहन थे। नरेन्द्रनाथ छठी संतान थे। इन लोगों के बारे में आज भी बहुत कुछ अज्ञात ही है। हम विश्वनाथ दत्त के पहले बेटे और दो बेटियों के नाम आज तक नहीं जान पाए। मुमकिन है, नितांत कम उम्र में उन लोगों का निधन हो गया हो, कदाचित उनका नाम ही नहीं रखा गया हो। स्वामीजी की दीदी स्वर्णमयी अपने विश्व-विजेता भाई के देहावसान के तीन दशक बाद 19 फरवरी, 1932 तक भी जीवित थीं। दरअसल उन्होंने या मँझले भाई महेंद्रनाथ या छोटे भाई भूपेंद्रनाथ ने अपने भाई द्वारा लिखे गए

किसी भी पत्र का उल्लेख नहीं किया। कॉर्पोरेशन के मृत्यु रजिस्टर में उनका नाम स्वर्णबाला दर्ज है लेकिन कहीं-कहीं स्वर्णलता के रूप में भी उनका उल्लेख है।

देवयोग से विश्वनाथ दत्त की मृत्यु हो गई। घर का भार नरेन्द्र पर आ पड़ा। घर की दशा बहुत खराब थी। अत्यन्त दरिद्रता में भी नरेन्द्र बड़े अतिथि-सेवी थे। स्वयं भूखे रहकर अतिथि को भोजन कराते, स्वयं बाहर वर्षा में रात भर भीगते-ठिठुरते पड़े रहते और अतिथि को अपने बिस्तर पर सुला देते। स्वामी विवेकानंद बड़े स्वपन्दृष्टा थे और उन्होंने एक नये समाज की कल्पना की थी। स्वामी विवेकानंद को युवकों से बड़ी आशाएँ थीं।

❑

2

माँ का प्यार

बच्चों की छोटी-सी जिन्दगी में उनकी माता की बड़ी भूमिका होती है। स्वामी विवेकानंद के जीवन में भी उनकी माता जी का अहम् स्थान रहा है। जैसा कि हमें ज्ञात है कि विवेकानंद के जन्म हेतु कई-कई व्रत तथा उपवास उनकी माता जी द्वारा किये गये थे और इसकी निरंतरता लगभग दो वर्षों तक रही। माता का नरेन्द्र के प्रति वात्सल्य भाव गहन था जो बाद में जाकर उनकी शक्ति बनी।

स्वामी विवेकानंद में जितनी भी धार्मिक एवं नैतिक संस्कृति मौजूद थी, वह सब उनकी माँ की देन थी। स्वामी विवेकानंद को उनकी माँ ने बहुत प्यार दिया। वह हमेशा सुबह का आहार दोपहर के दो बजे ग्रहण करती थीं जबकि सब दस बजे खा लिया करते थे। उन्हें बहुत से काम भी करने पड़ते थे। कभी-कभी वह अपना भोजन घर आए हुए अतिथियों को दे दिया करती थीं। यही वजह होती है कि हम सभी अपनी माँ से बहुत प्रेम करते हैं और उन्हें भगवान की तरह पूजते हैं।

त्याग तथा समर्पण जैसे सदाचार विवेकानन्द के व्यक्तित्व में जीवनपर्यंत विद्यमान रहा जो वास्तव में उनकी माता की देन थी।

❑

3
बचपन की यादें

बचपन से ही नरेन्द्र अत्यंत कुशाग्र बुद्धि एवं स्वभाव से नटखट थे। अपने साथी बच्चों के साथ तो वे शरारत करते ही थे, मौका मिलने पर वे अपने अध्यापकों के साथ भी शरारत करने से नहीं चूकते थे। नरेन्द्र के घर में नियमपूर्वक रोज पूजा-पाठ होता था। धार्मिक प्रवृत्ति की होने के कारण माता भुवनेश्वरी देवी को पुराण, रामायण, महाभारत आदि की कथा सुनने का बहुत शौक था। कथावाचक बराबर इनके घर आते रहते थे। नियमित रूप से भजन-कीर्तन भी होता रहता था। परिवार के धार्मिक एवं आध्यात्मिक वातावरण के प्रभाव से बालक नरेन्द्र के मन में बचपन से ही धर्म एवं अध्यात्म के संस्कार गहरे पड़ गए। माता-पिता के संस्कारों और धार्मिक वातावरण के कारण बालक के मन में बचपन से ही ईश्वर को जानने और उसे प्राप्त करने की लालसा दिखाई देने लगी थी। ईश्वर के बारे में जानने की उत्सुक्ता में कभी-कभी वे ऐसे प्रश्न पूछ बैठते थे कि उनके माता-पिता और कथावाचक पंडित जी तक चक्कर में पड़ जाते थे।

जब नरेन्द्र दो वर्ष के थे तब अगर कोई साधु भीख माँगता हुआ आ जाता था तो घरवाले उन्हें ऊपरवाले वाले कमरे में ले जाकर बंद कर देते थे और बाहर से दरवाजे की कुंडी लगा देते थे। वे लोग इस डर से नरेन्द्र को कमरे में बंद कर देते थे कि कहीं वह साधु को कुछ दे न डाले। जब कभी नरेन्द्र कोई शरारत करते तो वे लोग कह उठते थे- 'हाय, हाय! इतना जप-तप करने के बाद अंत में शिवजी ने कोई पुण्यात्मा भेजने के बजाए हमारे पास इस भूत को भेज दिया।' जब नरेन्द्र बहुत ज्यादा हुड़दंग मचाया करते थे तो उनके घर वाले 'शिव-शिव' का जाप करते हुए उनके सिर पर बाल्टी भर पानी उड़ेल देते थे। बचपन में जब नरेन्द्र स्कूल में पढ़ा करते थे तब एक लड़के के साथ जानें किस मिठाई को लेकर छीना-झपटी हो गई थी। उस लड़के के बदन में नरेन्द्र से ज्यादा ताकत थी, इसलिए उसने वह मिठाई नरेन्द्र के हाथों से छीन ली। नरेन्द्र को लगा कि उस जैसा दुष्ट लड़का दुनिया में अब तक पैदा ही नहीं हुआ।

उन्हें लगा कि जब वह बड़े हो जाएंगे तब उनमें ज्यादा ताकत भर जाएगी, तब वह उस लड़के को सबक सिखाएंगे और हरा देंगे। नरेन्द्र ने सोचा कि वह इतना दुष्ट है कि उसके लिए कोई भी सजा काफी नहीं होगी। उसे तो फाँसी दे देनी चाहिए। उसके तो टुकड़े-टुकड़े कर देने चाहिए। यथासमय दोनों ही बड़े हो गए और दोनों में काफी घनिष्ठ दोस्ती हो गई।

हम सब जितना भी काम करते हैं, उसमें दूसरों की सहायता करना ही सबसे भला काम है। क्यूंकि अंत में हम यही देखेंगे कि दूसरों की सहायता करने का अर्थ- अपना ही उपकार करना। बचपन में नरेन्द्र के पास कुछ सफेद चूहे थे। वे चूहे जैसे ही पहिए के ऊपर से पार करने की कोशिश करते थे वे पहिए घूमने लगते थे। जिससे चूहे आगे नहीं बढ़ पाते थे। यह जगत और उसकी सहायता करना भी बिल्कुल ऐसा ही है, परन्तु स्वभाव से परोपकारी होना प्रत्येक परिस्थिति का समाधान है ।

नरेन्द्र के शिक्षक जब उनके घर आते थे तो वह अपनी अंग्रेजी, बंग्ला की पाठ्य-पुस्तकें उनके सामने लाकर रख देते थे। किस किताब से कहाँ-से-कहाँ तक रट्टा लगाना होगा यह उन्हें दिखा देते थे। उसके बाद वह अपने ख्यालों में डूबे लेटे रहते थे। मास्टर साहब मानो खुद ही पाठ्याभ्यास कर रहे हों, इसी मुद्रा में वे उन किताबों के उन पृष्ठों के शब्दों की बनावट, उच्चारण और अर्थ वगैरह को दो-तीन बार आवृत्ति करते और चले जाते। बस, इतने में ही नरेन्द्र को वे सब विषय याद हो जाते थे। प्राइमरी स्कूल में थोड़ी-बहुत गणित, कुछ संस्कृत-व्याकरण, थोड़ी-सी भाषा और हिसाब की शिक्षा दी जाती थी।

बचपन में एक बूढ़े सज्जन ने नरेन्द्र को नीति के बारे में एक छोटी-सी किताब बिल्कुल रटा डाली थी। उस किताब का एक श्लोक है- 'गाँव के लिए परिवार, स्वदेश के लिए गाँव, मानवता के लिए स्वदेश और जगत् के लिए सर्वस्व त्याग कर देना चाहिए।' उस किताब में ऐसे ढेरों श्लोक थे। नरेन्द्र उन सभी श्लोकों को रट लेते थे और शिक्षक उनकी व्याख्या कर देते थे। बाद में छात्र भी उनकी व्याख्या करते थे।

नरेन्द्र को जो कविता स्कूल में शुरू-शुरू में सिखाई गई, वह थी- 'जो मनुष्य सकल नारियों में अपनी माँ को देखते हैं, सकल मनुष्यों की विषय-संपत्ति को धूल के ढेर समान देखता है, जो समग्र प्राणियों में अपनी आत्मा को देख पाता है, वही प्रकृत ज्ञानी होता है।' जब नरेन्द्र स्कूल में पढ़ते थे, तभी एक रात कमरे का दरवाजा बंद करके ध्यान करते-करते एकदम से तल्लीन हो गए। वह बहुत देर तक उसी तरह

बेसुध ध्यान में लीन रहे। ध्यान शेष हुआ, फिर भी वह उसी मुद्रा में बैठे रहे। उसी समय कमरे के अंदर एक ज्योतिर्मय मूर्ति प्रकट हुई और नरेन्द्र के सामने आ खड़ी हुई। उनके चेहरे पर अद्‌भुत कांति झलक रही थी, फिर भी मानो कोई भाव न हो। महाशांत संन्यासी मूर्ति-मुंडित मस्तक, हाथ में दंड और कमंडलु। कुछ देर वह मूर्ति नरेन्द्र को एकटक देखती रही। उस समय मूर्ति के चेहरे पर ऐसा भाव था, मानो वह नरेन्द्र से कुछ कहना चाहती हो! नरेन्द्र भी अवाक् दृष्टि से उनको निहारते रहे। अगले ही पल मानो वह किसी खौफ से भर उठे। नरेन्द्र ने जल्दी से दरवाजा खोला और कमरे से बाहर निकल गए। बाद में उन्हें खेद हुआ कि मूर्खों की तरह डरकर मैं भाग क्यों खड़ा हुआ। वे शायद मुझसे कुछ कहते लेकिन उस रात के बाद उस मूर्ति के कभी दर्शन नहीं हुए। नरेन्द्र को लगता था कि उस रात उन्होंने भगवान बुद्ध के दर्शन किए थे।

बचपन में जब भी नरेन्द्र कहीं कोई व्यक्ति, वस्तु या जगह देखते तो उन्हें प्रतीत होता था मानो वह सब पहले भी कहीं देखा हो लेकिन लाख कोशिशों के बाद भी उन्हें याद नहीं पड़ता था कि कहाँ देखा है? कहीं नरेन्द्र अपने मित्रों के साथ किसी विषय पर बातचीत करते हुए अचानक ही कोई मित्र कोई ऐसा जुमला बोल जाता था जिसे सुनकर उन्हें लगता था कि इसी कमरे में इन्हीं सब लोगों से पहले भी उनकी बातचीत हुई है और उस वक्त भी इस व्यक्ति ने यही वाक्य कहा था लेकिन दिमाग पर काफी जोर देने के बाद भी यह तय नहीं कर पाते थे कि इसकी वजह क्या थी। बाद में पुनर्जन्मवाद की जानकारी हुई तो नरेन्द्र को यह ख्याल आया कि ये सब घटनाएँ शायद मेरे पिछले जन्म में घटी थीं और वही सब सांसारिक स्मृतियाँ कभी-कभी इस जन्म में भी मेरे मन में ताक-झाँक करती हैं लेकिन उसके भी बहुत बाद नरेन्द्र को यह समझ में आया कि इन सब अनुभवों की ऐसी व्याख्या युक्तिसंगत नहीं है।

❑

4
प्रवेश परीक्षा

प्रवेश परीक्षा से दो-तीन दिन पहले की बात है। नरेन्द्र ने देखा कि ज्योमेट्री में उन्होंने कुछ भी नहीं पढ़ा-सीखा है। तब वह रात भर जागकर पढ़ते रहे और चौबीस घंटों के अंदर उन्होंने ज्योमेट्री की किताब के चार खंड पढ़ डाले और याद भी कर लिया। नरेन्द्र ने बारह वर्षों तक कठोर अध्ययन किया और कलकत्ता विश्वविद्यालय से बी.ए. पास कर लिया। उन्हें छात्र जीवन में ही ऐसी आदत पड़ गई थी कि किसी भी लेखक की कृति की पंक्ति-पंक्ति न पढ़ने के बावजूद वह मतलब समझ लेते थे। हर पैराग्राफ की पहली और अंतिम पंक्ति पढ़कर नरेन्द्र उसका भाव समझ लेते थे। यह आदत जब धीरे-धीरे और बढ़ गई तब उन्हें पैराग्राफ पढ़ने की भी जरूरत नहीं होती थी। हर पृष्ठ की पहली और अंतिम पंक्ति पढ़कर ही वह सारा कुछ समझ लेते थे।

बचपन में नास्तिकता का प्रभाव नरेन्द्र पर भी पड़ा था और एक वक्त ऐसा भी आया जब उन्हें लगा कि उन्हें भी धर्म का आसरा नहीं लेना चाहिए अर्थात धर्म की आड़ लेना त्यागना होगा। लेकिन नरेन्द्र ने ईसाई, मुसलमान, बौद्ध धर्मों का अध्ययन किया और वह यह देखकर चकित रह गए कि हमारा धर्म जिन सब मूल्यों की शिक्षा देता है, अन्यान्य धर्म हूबहू वही शिक्षा देता है। अतः धर्म के मूल तत्वों जो कि न्यायिक नहीं था, उसपर प्रश्न उठाना प्रारंभ किया। दरअसल अन्य धर्म ग्रन्थ के अध्ययन करने के पश्चात खुद के धर्म में विकृति देखकर, उन्हें दुःख हुआ तथा परिशुद्ध करने हेतु वास्तविक सत्य की तलाश करने लगे। यही कारण है कि नरेन्द्र के मन में यह प्रश्न उठा- 'सत्य क्या है?' इसी सत्यता की खोज में उन्होंने अपने आगे के जीवन को बसर किया।

❑

5

विवेकानंद: श्रीरामकृष्ण से प्रथम भेंट

स्वामी विवेकानंद का बचपन से ही धर्म और दर्शन-चर्चा में विशेष आग्रह था। हमारे शास्त्रों का उपदेश है, मनुष्य के लिए त्याग ही श्रेष्ठ आदर्श है। जब स्वामी विवेकानंद श्रीरामकृष्ण परमहंस से मिले तो उन्होंने समझा, हमारे जो श्रेष्ठ आदर्श हैं, उन्होंने अपने जीवन में उतार लिया। नतीजा यह हुआ कि श्रीरामकृष्ण जिस पथ के पथिक थे, स्वामी विवेकानंद के अंदर भी वही पथ अपनाने की प्रबल आकांक्षा जाग उठी। उन्होंने संन्यास ग्रहण करने का संकल्प लिया।

स्वामी विवेकानंद जिस संप्रदाय में शामिल थे, उसे संन्यासी संप्रदाय कहते हैं। संन्यासी शब्द का अर्थ है, 'जिस व्यक्ति ने समस्त रूप से त्याग किया हो।' यह अति प्राचीन संप्रदाय है। ईसा के जन्म से 560 वर्ष पहले महात्मा बुद्ध भी इसी संप्रदाय में शामिल थे। वे अपने संप्रदाय के अन्यतम संस्कारक भर थे। संन्यासी संप्रदाय का तात्पर्य 'चर्च' न समझा जाए और इस संप्रदाय में शामिल लोग पुरोहित नहीं होते। पुरोहित और संन्यासी में जमीन-आसमान का अंतर है। संन्यासियों के पास कोई जमीन-जायदाद या संपत्ति नहीं होती। वे लोग विवाह नहीं करते। उन लोगों की कोई संस्था नहीं होती। उन लोगों का एकमात्र बंधन गुरु-शिष्य का बंधन होता है। यह बंधन भारतवर्ष की सर्वश्रेष्ठ विशेषता है।

स्वामी विवेकानंद ने एक वृद्ध को अपने गुरु के रूप में पाया था। वे अद्‌भुत थे। पांडित्य कहने जैसा उनमें कुछ भी नहीं था। उन्होंने पढ़ाई-लिखाई भी खास नहीं की थी लेकिन बचपन से ही उनमें सत्य की प्रत्यक्षानुभूति लाभ करने की तीव्र आकांक्षा उनके मन में जाग उठी। स्वधर्म की चर्चा से उनकी साधना की शुरुआत हुई। बाद में अन्यान्य धर्म संप्रदायों में शामिल होते रहे। कुछ समय तक वे उन संप्रदायों के निर्देश के मुताबिक साधना करते, उन संप्रदायों के भक्तों के साथ रहकर उन लोगों के भावादर्शों में तन्मय रहते। वे कहा करते थे, 'विभिन्न धर्म एक ही सत्य तक पहुँचने के

विभिन्न पथ मात्र हैं।' वे यह भी कहा करते थे, 'इतने सारे पथ होना तो परम गौरव की बात है, क्यूंकि ईश्वर को पाने का सिर्फ एक ही पथ होता तो वह किसी एक व्यक्ति के लिए उपयोगी होता। पथ की संख्या जितनी अधिक होगी उतना ही हममें से प्रत्येक को सत्य लाभ के अधिकारिक मौके प्राप्त होंगे।' सभी धर्म-मतों के प्रति उनकी ऐसी गहरी श्रद्धा थी। हजारों लोग उनका उपदेश सुनने आने लगे। उनके शब्द-शब्द में विशेष अर्थ समाहित होती थी। उनकी हर बात मन के अँधेरे को दूर कर देती थी। यह अद्भुत व्यक्ति उस जमाने के भारत की राजधानी और हमारे देश में शिक्षा के प्रधान केंद्र में, जहाँ हर वर्ष सैकड़ों संदेहवादी और जड़वादियों की सृष्टि हो रही थी, उसी कलकत्ता शहर के करीब ही निवास करते थे। इसके बावजूद विश्वविद्यालयों के अनेक डिग्रीधारी, अनेक संदेहवादी और अनेक नास्तिक लोग उनका भाषण सुनने आते थे।

उनके बारे में खबर पाकर स्वामी विवेकानंद भी उनके दर्शन करने पहुँच गए। उन्हें वे एक आम व्यक्ति जैसे ही लगे। कोई असाधारणता ढूँढ़े से भी नहीं दिखी। उस दिन स्वामी विवेकानंद ने दो गीत भी गाए थे। उन्होंने गाना तो गा दिया लेकिन उसके बाद ही श्रीरामकृष्ण अचानक उठे और स्वामी विवेकानंद का हाथ पकड़कर अपने कमरे के उत्तरी बरामदे में ले गए और दरवाजा अंदर से बंद कर लिया। वह ठंड का मौसम था। उनकी बातें सुनकर स्वामी विवेकानंद स्तंभित रह गए। उसके बाद उन्हें वहीं रुके रहने को कहकर वे कमरे के अंदर चले गए। वहाँ से माखन, मिश्री और कई संदेश मिठाई लेकर वे लौटे और स्वामी विवेकानंद को अपने हाथों से खिलाने लगे। वह उनसे बार-बार कहते रहे, "ये सब मुझे दे दीजिए। मैं अपने साथियों के साथ बाँटकर खा लूँगा" लेकिन उन्होंने स्वामी विवेकानंद की एक न सुनी। उन्होंने कहा, "वे लोग बाद में खा लेंगे, फिलहाल तुम खाओ।" इतना कहकर उन्होंने स्वामी विवेकानंद को सारी मिठाई खिला दी और तभी निश्चिंत हुए।

क्या आपने ईश्वर को देखा है?

साथियो के साथ कमरे में बैठे-बैठे स्वामी विवेकानंद उन्हें गौर से देखने लगे। उन्हें उनके चाल-चलन, बातचीत वगैरह में पागलपन का कोई लक्षण नजर नहीं आया बल्कि अपने भक्तों के प्रति उनका प्रवचन सुनकर और उनकी अद्भुत भाव-समाधि देखकर स्वामी विवेकानंद को लगा कि वे सच में ही ईश्वर-ज्ञाता व्यक्ति हैं और वे जो कहते हैं, वह स्वयं भी महसूस करते हैं। इसलिए स्वामी जी ने उनके समीप जाकर पूछा, "महाशय, क्या आपने ईश्वर को देखा है?" उन्होंने छूटते ही जवाब दिया, "हाँ, देखा

है। जैसे मैं तुम लोगों को देख रहा हूँ, तुम लोगों से बातचीत कर रहा हूँ, ठीक उसी तरह उन्हें भी देखा जा सकता है, उनसे बातें की जा सकती हैं लेकिन इसकी चाह किसे है? लोग तो पत्नी-पुत्र, धन-संपत्ति वगैरह के शोक में आँसू बहाते हैं लेकिन ईश्वर के लिए कौन परेशान होता है? उन्हें पाने के लिए अगर कोई व्याकुल होकर पुकारे, तब वे अवश्य उसे दर्शन देते हैं।" उनका यह जवाब सुनकर स्वामी जी को लगा कि वे अपनी निजी उपलब्धि से ही ऐसा कह रहे हैं। स्वामी विवेकानंद ने उन्हें प्रणाम करके वहाँ से विदा ली।

स्वामी विवेकानंद को दूसरी बार भी दक्षिणेश्वर में श्रीरामकृष्ण के दर्शन हुए। उस बार भी वह स्वामी जी को देखकर उनकी स्तुति करने लगे। उन्होंने कहा, "तू इतनी रात को मेरे पास आया, मुझे जगाया और मुझसे कहा, मैं आ गया हूँ।" मगर इन सब बातों से बेखबर मैं तो कलकत्ता में अपने घर में मस्ती से सो रहा था। स्वामी जी को पास बुलाकर उन्होंने अपने बिस्तर पर बिठा लिया। स्वामी विवेकानंद ने देखा कि उस कमरे की दीवारें और सभी चीजें तेजी से घूमते-घूमते जाने कहाँ अदृश्य होती जा रही हैं। उस पल वह किसी महाभय से अभिभूत हो उठे। उन्हें लगा मरण मेरे सामने है, अति निकट। स्वामी जी अपने आप को सँभाल नहीं पाए। वह चीख उठे, "आपने मेरे साथ यह क्या किया? अभी तो मेरे माता-पिता जीवित हैं।" स्वामी जी की बात सुनकर श्रीरामकृष्ण ने ठहाका लगाया और अपने हाथ से छाती थपथपाते हुए कहा, "तब फिर अभी रहने दो। एक बार में न सही, वक्त आने पर हो जाएगा।" हैरत की बात यह थी कि उनके मुख से यह वाक्य निकलते ही स्वामी जी की अद्‌भुत उपलब्धि पल भर में थम गई। वह पुनः होश में आ गए और कमरे के अंदर-बाहर की चीजें पहले की तरह यथास्थान स्थित हो गईं।

स्वामी विवेकानंद को यह लगने लगा कि उनमें अगर इतनी दृढ़ इच्छा-शक्ति है, जिसके द्वारा उन जैसे मजबूत मनोबल, दृढ़ संस्कार-युक्त प्राणी को अवश कर सकते हैं, तो उन्हें पागल कैसे कहा जाए? हालांकि पहले दिन स्वामी विवेकानंद को बरामदे में ले जाकर उन्होंने जो सब हरकतें की थीं, उसके लिए उन्हें पागल के अलावा और क्या कह सकता था? जाहिर है कि इस बारे में भी स्वामी जी कुछ तय नहीं कर पाए, अस्तु! उन्होंने फैसला किया कि चाहे जैसे भी हो, उनके स्वभाव और शक्ति को सटीक ढंग से समझना ही होगा।

इसी तरह के सोच-विचार में उस दिन स्वामी जी का वक्त गुजर गया लेकिन उन्होंने देखा कि उस घटना के बाद श्रीरामकृष्ण मानो बिल्कुल अलग इंसान बन गए

और पहले दिन की तरह ही उनका आदर-जतन करने लगे। किसी प्रिय आत्मीय या बंधु को अरसे बाद पाकर लोग जैसा बर्ताव करते हैं, वे भी वैसा ही बर्ताव करने लगे। स्वामी विवेकानंद को खिला-पिलाकर, प्यार-दुलार करके, बोल-बतियाकर और हँसी-ठिठोली करते हुए मानो उनकी आस नहीं मिटती थी। उनका यह अद्‌भुत स्नेहपूर्ण बर्ताव भी स्वामी जी की चिंता का विषय बन गया। अंत में जब शाम उतर आई, स्वामी जी ने उनसे विदा ली। श्रीरामकृष्ण ने स्वामी विवेकानंद से उदास होकर कहा, "जल्दी आने का वचन दो।" पहले की तरह ही विदा लेने से पहले उन्हें वचन देना पड़ा।

एक दिन दक्षिणेश्वर के बगीचे में श्रीरामकृष्ण ने स्वामी जी को छू दिया। उनके छूते ही उन्होंने देखा घर-द्वार, किवाड़-आँगन, पेड़-पौधे, चंद्र-सूर्य सबकुछ मानो आकाश में विलीन होते जा रहे हैं। उसी क्रम में उन्होंने दोबारा देखा घर-द्वार, किवाड़-आँगन जैसा पहले था, ठीक उसी प्रकार यथास्थित हो गया। इसी तरह एक दिन अमेरिका की एक झील के किनारे ठीक ऐसा ही हाल हुआ था।

स्वामी विवेकानंद के प्रति प्यार की वजह से वे अपना बूँद भर भी ध्यान नहीं रखते थे, यह देखकर उनके प्रति भयंकर कठोर वाक्य प्रयोग करने में भी वह कभी कुंठित नहीं हुए। स्वामी जी उनसे कहते थे, "पुराणों में लिखा है, भरत 'हिरण' के बारे में सोचते-सोचते मृत्यु के बाद सचमुच हिरण बन गया था। अगर यह बात सच है तो यूँ मेरे लिए इतनी चिंता करने का परिणाम सोचकर आपको सावधान हो जाना चाहिए।" स्वामी विवेकानंद जी की यह बातें सुनकर श्रीरामकृष्ण बेहद चिंतित हो उठे। उन्होंने कहा, "ठीक कहता है तू! सच ही तो, अब क्या होगा? मैं तो तुझे देखे बिना रह नहीं सकता।"

बेहद मुरझाए हताश से श्रीरामकृष्ण माँ (श्री श्री जगदंबा) को यह बात बताने चल दिए। थोड़ी देर बाद वे हँसते-हँसते लौट भी आए। वे एकदम बोल उठे, 'मैं तेरी बात नहीं सुनूँगा। माँ ने कहा, तू उसे साक्षात् नारायण समझता है, इसलिए उसे प्यार करता है। जिन दिन तुझे उसमें नारायण नहीं दिखेंगे, उस दिन तुझे उसका मुँह देखना भी भला नहीं लगेगा।' अब तक स्वामी जी ने श्रीरामकृष्ण को जितनी सारी बातें समझाई थीं, उस दिन उन्होंने सबकुछ एक वाक्य में उड़ा दिया। एक दिन श्रीरामकृष्ण ने कहा, "तू अगर दिल से याद करे तो कृष्ण को अपने अंदर ही बसा हुआ देख सकता है।" स्वामी विवेकानंद ने उत्तर दिया, "मैं कृष्ण-विष्ण को नहीं मानता।" स्वामी जी ने एक बार उनसे कहा, "आप यह जो रूप वगैरह देखते हैं, वह सब मन की भूल है।" वे तत्काल माँ के पास जा पहुँचे और उनसे पूछा, "माँ, नरेन्द्र ऐसी बातें कर रहा है। क्या

सच में यह सब मन की भूल है?" उन्होंने स्वामी जी से कहा, "माँ कहती है, यह सब सत्य है!" उन्होंने यह भी कहा, "तेरा गाना सुनकर इसके अंदर जो बसे हैं, वे फुफ्कारते हुए साँप का फन थामे धीर-शांत मुद्रा में बस सुनते ही रहते हैं।"

उन्होंने अपने स्वयंभू वेद, धर्मग्रंथ, बाइबिल, कुरान और अन्य सभी सुप्रकाशित धर्मग्रंथों के बारे में बातचीत की। बातचीत के अंत में उस साधु ने स्वामी को मेज पर रखी एक किताब ले आने का हुक्म दिया। उस किताब में अन्यान्य विषयों के साथ-साथ वर्षा फल का भी उल्लेख था। उस साधु ने स्वामी जी को उसमें से पाठ करने का निर्देश दिया। स्वामी विवेकानंद ने उस किताब से उस वर्ष के वृष्टिपात का परिमाण पढ़कर सुनाया। उन्होंने कहा, "अब तुम यह किताब जरा निचोड़कर तो देखो।" स्वामी जी ने उनकी आज्ञा का पालन किया। उन्होंने फिर कहा, "क्या हुआ, वत्स? इसमें से तो बूँद भर भी पानी नहीं टपका। जब तक इस किताब से पानी की धार नहीं बहती, यह सिर्फ किताब ही है। इसी तरह जब तक तुम्हारा धर्म तुम्हें ईश्वर की उपलब्धि न कराए, तब तक वह व्यर्थ है। जो लोग धर्म के नाम पर सिर्फ ग्रंथ-पाठ करते हैं, उनकी हालत उस गधे जैसी है जिसकी पीठ पर चीनी का बोझा लदा हुआ है लेकिन वह उसकी मिठास की खबर नहीं रखता।"

शुरू-शुरू में स्वामी जी उनकी बहुत-सी बातें नहीं मानते थे। एक दिन उन्होंने स्वामी जी से पूछा, "तब तू आता ही क्यों है?" स्वामी विवेकानंद ने कहा, "मैं आपको देखने आता हूँ, आपकी बातें सुनने के लिए नहीं।" वे बेहद खुश हुए। एक दिन अकेले में उन्होंने स्वामी जी से एक बात कही। उस वक्त वहाँ और कोई नहीं था। उन्होंने कहा, "मुझमें तो योगशक्ति-लाभ करने का कोई उपाय नहीं है। मैं तेरे माध्यम से हित करूँगा। क्या कहता है?" "नहीं, ऐसा नहीं हो सकता।" स्वामी जी ने जवाब दिया। आप तो ईश्वर का रूप-दर्शन करते हैं। इस बारे में मैं पहले ही बता चुका हूँ कि यह मन का भ्रम मात्र है। उन्होंने कहा, "ओ रे, मैं तो कोठी के ऊपर चीख-चीखकर बुलाता रहता था। ओ रे, कहाँ, कौन भक्त है, चला आ! तुम सबको देखे बिना मेरे तो प्राण अटके हुए हैं। माँ ने कहा था सभी भक्त आएँगे! सो देख, सारी बातें तो सच हो गई।" स्वामी जी इस बात का क्या जवाब देते? वह खामोश ही रहे।

स्वामी जी अपने ढंग से कामकाज करते थे। वे कुछ नहीं कहते थे। स्वामी जी ब्रह्म-समाज के साधारण सदस्य बन गए थे, यह बात वे जानते थे। वहाँ महिलाएँ भी जाती थीं। महिलाओं को सामने रखकर ध्यान नहीं किया जा सकता, इसलिए वे इसकी निंदा करते थे लेकिन स्वामी जी को उन्होंने कुछ नहीं कहा। हाँ, सिर्फ एक दिन कहा,

"राखाल (स्वामी ब्रह्मानंद) से ये सब बातें मत कहना कि तू समाज का सदस्य बना है। उनका भी सदस्य बनने का मन करेगा।"

श्रीरामकृष्ण ने स्वामी जी को ग्रहण कर लिया था। धर्म संबंधी शिक्षा-दान की उन पर जितनी कृपा की उतनी कृपा अन्य लोगों पर नहीं की। इसलिए वह औरों पर इस किस्म की कृपा के लिए जिद करता रहता था। बाल-स्वभाववश बहुत बार कमर बाँधकर उनसे बहस करने को भी उतर पड़ते थे। स्वामी जी कहते थे, "क्यों महाशय, ईश्वर तो इतने पक्षपाती नहीं है जो किसी एक पर कृपा बरसाएँ और दूसरों पर कृपा न करें। तब आप उन लोगों को मेरी तरह ग्रहण क्यों नहीं करते? यह बात तो पक्की है न कि इच्छा और चेष्टा करने से सभी लोग विद्वान् पंडित हो सकते हैं, वे लोग धर्म-लाभ और ईश्वर-लाभ भी कर सकते हैं।"

श्रीरामकृष्ण का उत्तर होता था, "क्या करूँ रे! मुझे तो माँ जो दिखा देती है उन लोगों में सांडों जैसा पशु-भाव विद्यमान है। इस जन्म में उन लोगों को शांति-लाभ नहीं होगा। इसमें मैं क्या करूँ? तू ऐसी बातें क्यों कर रहा है? इच्छा या चेष्टा करने भर से लोग इसी जन्म में जो चाहें, वह बन सकते हैं?" लेकिन उस वक्त उनकी बात भला कौन सुनता?

स्वामी जी तुरंत अगला सवाल पूछते थे, "यह कैसी बात है महाशय? इच्छा और चेष्टा करके भी इंसान अपनी चाह मुताबिक नहीं बन सकता? जरूर बन सकता है। मुझे आपकी इस बात पर भरोसा नहीं है।" स्वामी जी की इस बात पर भी उनका वही एक जवाब, "तू चाहे विश्वास करे या न करे, मुझे तो माँ ही राह दिखा देती है।" स्वामी जी उनकी बातें किसी शर्त पर भी स्वीकार नहीं करते थे। उसके बाद जितने दिन बीतते गए,, देखते-सुनते स्वामी विवेकानंद जी को भी उतना-उतना समझ में आता गया कि श्रीरामकृष्ण जो कहते हैं- वह सच है। मेरी धारणा ही गलत है।

दक्षिणेश्वर पहुँचते ही श्रीरामकृष्ण दूसरों को जो-जो पढ़ने को मना करते थे, वही-वही किताबें वे स्वामी जी को थमा देते थे। अन्यान्य पुस्तकों के साथ उनके कक्ष में एक और किताब भी थी, अष्टावक्र-संहिता। अगर कोई वह पुस्तक निकालता था और श्रीरामकृष्ण देख लेते थे तो वे उसे वह किताब पढ़ने को मना कर देते थे और 'मुक्ति और उसका साधन', 'भगवद्गीता' या कोई और पुराण ग्रंथ उसे पढ़ने को कहते थे लेकिन जब स्वामी जी उनके समीप पहुँचते थे, वे उन्हें 'अष्टावक्र-संहिता' निकालकर पढ़ने को कहते थे। अगर स्वामी जी कहते थे यह किताब पढ़कर क्या

होगा? मैं भगवान हूँ, यह सोचना भी पाप है। इस किताब में वही पाप-कथा लिखी हुई है। यह किताब तो जला डालनी चाहिए। श्रीरामकृष्ण हँसते-हँसते जवाब देते थे, "मैं क्या तुमसे पढ़ने को कह रहा हूँ? मैं तो यह जरा पढ़कर मुझे सुनाने को कह रहा हूँ। जरा पढ़कर मुझे सुनाना। तब तो मुझे यह सोचने की जरूरत नहीं पड़ेगी कि तू भगवान है!" इसलिए उनके आग्रह पर थोड़ा-बहुत स्वामी जी को उन्हें पढ़कर सुनाना पड़ता था।

उस दिन के अद्भुत स्पर्श से पल भर में स्वामी जी के अंदर एक आश्चर्यजनक भावांतर जाग उठा था। वह स्तंभित होकर देखने लगे, सच ही ईश्वर के अलावा इस विश्व में और कुछ भी नहीं है। यह देखकर भी वह खामोश रहे, यह समझने के लिए कि यह भाव कितनी देर तक बना रहता है लेकिन उस दिन वह आच्छन्नता बूँद भर भी कम नहीं हुई। घर लौटकर भी उन्हें वही-वही दिखाई देता रहा। जो कुछ भी देखते थे, उसमें वे ही नजर आते थे। जब वह भोजन करने बैठे उन्होंने देखा- भात, थाली परोसनेवाला और खुद मैं भी वही हूँ। दो-एक कौर खाने के बाद वह धीर-स्थिर बैठे रहे। माँ ने कहा, "बैठा क्यों है रे? खा ना!" माँ की आवाज पर स्वामी जी को होश आया और उन्होंने दोबारा खाना शुरू कर दिया। इस तरह खाते-पीते, सोते, कॉलेज जाते, हर पल यही दृश्य देखने लगे और जाने कैसी घोर बेसुधी में छिपे-छिपे रहने लगे। सड़क पर चल रहे हैं, गाड़ी आते हुए देख रहे हैं लेकिन वहाँ से हटने की प्रवृत्ति नहीं हो रही है। उन्हें लगने लगा कि वह गाड़ी और वह एक ही हैं।

उन दिनों स्वामी जी को अंदेशा होने लगा कि वह शायद पक्षाघात का शिकार होने वाले हैं। खाना खाकर भी कोई तृप्ति नहीं होती थी। लगता था जैसे और कोई खा रहा है। खाते-खाते कभी-कभी वह लेट भी जाते थे। कुछ देर लेटे रहने के बाद दोबारा खाना शुरू करते थे। नतीजा यह होता था कि किसी-किसी दिन वह बहुत ज्यादा खा लेते थे लेकिन इस वजह से कभी बीमार नहीं पड़ते थे। माँ डर जाती थीं। वह कहती थीं, "लगता है, अंदर-ही-अंदर तुझे किसी गहरे रोग ने पकड़ लिया है।" कभी वे कहती थीं, "वह अब नहीं बचेगा!"

जब स्वामी जी का आच्छन्न मनोभाव कम हो जाता, तब यह जगत उन्हें किसी सपने जैसा प्रतीत होता था। हदुआ तालाब के किनारे वह घूमने चले जाते। वहाँ रेलिंग पर सिर पटककर जाँच करते कि यह सपना है या सच। कुछ दिन उनके मन की यही हालत चलती रही। उसके बाद जब वह सामान्य हुए, तब उन्हें अहसास हुआ कि वह अद्वैतज्ञान की अनुभूति कर रहे हैं और शास्त्रों में इस बारे में जो कुछ लिखा हुआ है वह झूठ नहीं है। इसके बाद अद्वैततत्त्व की सच्चाई से वह कभी इनकार नहीं कर सके।

स्वामी विवेकानंद जी ने पहली बार एक ऐसे व्यक्ति को देखा था जो साहस के साथ बोल सकते थे, "मैंने ईश्वर को देखा है। धर्म सत्य है, इसकी अनुभूति की जा सकती है। हम सब जैसे यह जगत् प्रत्यक्ष कर सकते हैं, उससे ईश्वर के अनंत गुणों को स्पष्ट रूप से प्रत्यक्ष किया जा सकता है।" स्वामी विवेकानंद श्री रामकृष्ण के पास प्रतिदिन जाने लगे। स्वामी जी ने बुद्ध, यीशु, मुहम्मद और प्राचीन काल के विभिन्न महापुरुषों के बारे में अध्ययन किया। उन सभी लोगों ने कहा, 'स्वस्थ हो', और वह व्यक्ति स्वस्थ हो गया। स्वामी जी ने देखा यह सत्य है और जब उन्होंने उस इंसान को देखा तो उनका सारा संदेह दूर हो गया। धर्म-दान करना संभव है और उनके आचार्यदेव कहा करते थे, "जगत् की अन्यान्य सामग्रियों का लेन-देन किया जा सकता है, धर्म उनसे भी अधिक प्रत्यक्ष भाव से लिया-दिया जा सकता है।" आमतौर पर वे द्वैतवाद की ही शिक्षा देते थे। अद्वैतवाद की शिक्षा न देना ही उनका नियम था लेकिन स्वामी जी को उन्होंने अद्वैतवाद की ही शिक्षा दी थी। इससे पहले वह द्वैतवादी थे।

किसी समय उन्हीं महापुरुष ने स्वामी जी से कहा था कि इस जगत् में करोड़ों-करोड़ों लोगों में एक जन भी ईश्वर में विश्वास नहीं करता था। इसका कारण पूछने पर उन्होंने बताया था, "मान लें, इस कमरे में एक चोर रहता है। उसे पता चलता है कि बगल के कमरे में ढेर सारा सोना मौजूद है। दोनों कमरों के बीच में झीना सा परदा भी है। अच्छा, उस चोर की क्या हालत होगी?" स्वामी जी ने उत्तर दिया, "वह चोर बिल्कुल सो नहीं पाएगा। उसका दिमाग सक्रिय ढंग से वह सोना हथियाने का उपाय सोचता रहेगा और कोई ख्याल उसे नहीं आएगा।" इसके उत्तर में उन्होंने पूछा, "तुम्हें क्या विश्वास है कि कोई इंसान ईश्वर में विश्वासी हो और वह ईश्वर को प्राप्त करने के लिए पागल नहीं हो उठेगा? अगर कोई व्यक्ति आंतरिक भाव से यह विश्वास करता हो कि कोई एक असीम-अनंत आनंद का आकार मौजूद है और उसे प्राप्त किया जा सकता है तो क्या उसे प्राप्त करने की कोशिश में वह दीवाना नहीं हो जाएगा?" हाँ, सच ही, ईश्वर में दृढ़ विश्वास और उन्हें पाने के लिए अनुरूप आग्रह को ही 'श्रद्धा' कहते हैं।

उन्हीं दिनों किसी एक समय स्वामी विवेकानंद ने दक्षिणेश्वर में श्रीरामकृष्ण के सान्निध्य में रात बिताई थी। वह कुछ देर पंचवटी तल बैठे थे। ऐसे समय श्रीरामकृष्ण वहाँ आ पहुँचे और स्वामी जी का हाथ थामकर हँसते-हँसते कहने लगे, "आज तेरी विद्या-बुद्धि की परीक्षा होगी। तूने तो सिर्फ ढाई पास किया है। आज साढ़े तीन पास किया हुआ मास्टर आया है। चल, उससे बात कर।" आखिरकार स्वामी जी को उनके

साथ जाना ही पड़ा। उनके कमरे में जाकर श्रीरामकृष्ण कथामृतकार, श्री महेंद्रनाथ गुप्त से परिचय होने के बाद उनसे विभिन्न विषयों पर चर्चा हुई। इस तरह उन्हें बातों में लगाकर श्रीरामकृष्ण चुपचाप बैठे, उनकी बातें सुनते रहे और उन्हें निरखते-परखते रहे। बाद में श्रीमान् उस दिन जब विदा लेकर चले गए तो श्रीरामकृष्ण ने कहा, "पास कर लेने भर से क्या होता है? उस मास्टर में औरताना भाव है। बात ही नहीं कर पाता।" इस तरह वह लोगों के साथ बातों में लगाकर खुद तमाशा देखा करते थे।

ईश्वर की कृपा से स्वामी जी अपने क्रोध को काबू में कर सके। पहले जब वह क्रोधित होते थे तो होश-हवास बिल्कुल खो बैठते थे और बाद में पछतावे की आग में जलते-झुलसते रहते थे। अब अगर कोई अकारण उन्हें चोट पहुँचाता है या नितांत अपकार करता है, तब भी उस पर पहले की तरह भयंकर क्रोध नहीं आता है। शुरू-शुरू में जब वह वहाँ गए, तब एक दिन उन्होंने भाव की स्थिति में कहा, "तू आ गया?" स्वामी जी ने सोचा, आश्चर्य है! ये तो जैसे मुझे बहुत दिनों पहले से जानते हैं। उन्होंने फिर पूछा, "तुझे क्या कोई ज्योति दिखाई देती है?" स्वामी जी ने उत्तर दिया, जी हाँ, सोने से पहले माथे के करीब कैसी तो ज्योति घूमती रहती है। "पहले स्वामी जी वह दृश्य बहुधा देखा करता थे। जदु मल्लिक की भोजनशाला में श्रीरामकृष्ण ने स्वामी जी को स्पर्श करते हुए मन-ही-मन कुछ बुदबुदाकर कहा। वह बेहोश हो गए और उसी भाव में कई महीनों रहे। स्वामी जी के विवाह की चर्चा सुनकर ठाकुर काली मैया के चरण पकड़कर रोते रहे। उन्होंने रोते-रोते विनती की, "माँ वह सब उलट दे, माँ! नरेन्द्र कहीं डूब न जाए।"

एक दिन जब पाठगृह में उपस्थित होकर श्रीरामकृष्ण ब्रह्मचर्य-पालन का उपदेश दे रहे थे तो स्वामी जी की नानी ने आड़ से उनकी सारी बातें सुन लीं। उन्होंने स्वामी जी के माता-पिता को बता दिया। संन्यासी से हिल-मिलकर कहीं वह भी संन्यासी न हो जाएँ। इसी डर से उसी दिन स्वामी के विवाह के लिए खासतौर पर कोशिशें करने लगे। लेकिन कोशिश करने से क्या होता है? श्रीरामकृष्ण की प्रबल इच्छा के विरूद्ध उन लोगों की सारी कोशिशें बह गई। सारी बातें तय हो जाने के बाद भी कई जगह मामूली कारणों से दोनों पक्षों के बीच मतभेद हो जाता और विवाह-संबंध अचानक टूट जाते। श्रीरामकृष्ण के पास कितने आनंद में दिन कट रहे थे, वह किसी और को समझाना मुश्किल है। खेल-खेल में, रंग-रस वगरैह के मामूली दैनिकी माध्यमों से वे किस ढंग से उनके अनजाने में ही लगातार उच्च शिक्षा देते हुए उनका आध्यात्मिक जीवन-गठन करते रहे। बालक को तालीम देते हुए जैसे कोई महाबली पहलवान अपने

को संयम रखते हुए, अपनी ताकत को प्रदर्शन करते हुए, जैसे कभी उसे अशेष श्रम से परास्त कर देता है या स्वयं उससे पराभूत हो जाता है और उसमें आत्मविश्वास को जन्म देता है, स्वामी जी से साथ भी श्रीरामकृष्ण अपने बर्ताव में अक्सर उसी तरह भाव अवलंबन करते थे। वे हमेशा बिंदु में सिंधु की उपस्थित प्रत्यक्ष करते थे। उनमें से प्रत्येक में निहित आध्यात्मिकता का बीज-फूल फलीभूत होकर आगामी कल जो आकार धारण करेगा, वे तभी से भाव में डूबे प्रत्यक्ष कर लेते थे और उनकी प्रशंसा करते थे, प्रोत्साहित करते थे और कहीं वह वासना विशेष से बाधित होकर कहीं जीवन की ऐसी सफलता गँवा न दें। इस बारे में विशेष सतर्कता से उनके हर आचरण पर गौर करते थे और उपदेश देकर उन सबको रोककर रखते थे।

श्रीरामकृष्ण इस तरह से स्वामी जी की पोर-पोर पर नजर रखते हुए उन्हें नित्य नियंत्रित रखते थे, इसका उन्हें बिंदु मात्र भी आभास नहीं होता था। वही था उनका शिक्षा-दान और जीवन गठित कर देने का अपूर्व कौशल। ध्यान-धारणा के समय कुछ दूर तक आगे बढ़ने के बाद जब मन और ज्यादा एकाग्र करने का अवलंबन नहीं पाता था। ऐसे में स्वामी जी का कर्त्तव्य पूछने पर वे यह बताते थे कि ऐसी परिस्थिति में उन्होंने क्या किया था। वे यह सब जानकारी देते थे और इस बारे में तरह-तरह के कौशल भी बताते थे। एक बार रात के अंतिम प्रहर में आलमबाजार में स्थित जूट-मिल के सायरन की आवाज में स्वामी जी का मन लक्ष्यभ्रष्ट और परेशान हो जाता था। जब स्वामी जी ने उन्हें बात बताई तो उन्होंने उस सायरन की आवाज में ही मन को एकाग्र करने का निर्देश दिया और यही पथ अपनाकर स्वामी जी को विशेष परिणाम का लाभ हुआ था। इसी तरह एक बार और हुआ। ध्यान के समय शरीर को भूलकर, मन को लक्ष्य पर केंद्रित करने की राह में स्वामी जी ने बाधा महसूस की। वह उनके सामने उपस्थित हुए। समाधि-साधन के समय श्रीमद् तोतापुरी ने जिस ढंग से भौंहों के मध्य मन को एकाग्र करने का निर्देश दिया था, उसका उल्लेख करते हुए श्रीरामकृष्ण ने अपने नाखूनों की पोर से स्वामी जी की भौंहों के मध्य जोर से आघात किया और कहा, "इस वेदना पर अपने मन को एकाग्र कर!" स्वामी जी ने देखा कि उस आघात के दर्द का अहसास जितनी देर चाहो, स्वभाव से मन में बसाए रखा जा सकता है। ऐसे में शरीर के किसी अंश की वजह से मन का विक्षिप्त होना तो दूर की बात, इन सभी अंशों के अस्तित्व तक को भूला जा सकता है।

श्रीरामकृष्ण की साधना स्थली निर्जन पंचवटी तल ही स्वामी जी की ध्यान-धारणा के लिए विशेष उपयोगी स्थान था। वैसे शुद्ध ध्यान-धारणा ही क्यों, क्रीड़ा-कौतुक में

भी बहुत सारा वक्त उनका वहीं गुजरता था। उस समय श्रीरामकृष्ण भी स्वामी जी के साथ यथासंभव शामिल रहते थे और उनका आनंदवर्धन करते थे। वे वहाँ दौड़ते-फिरते थे, पेड़ों पर चढ़ते थे, मजबूत रस्सियों जैसी माधवीलता की बाँहों में बैठे-बैठे झूला झूलते थे और कभी-कभी सब मिलकर खाना पकाते थे और 'चड़ुईमाती' यानी पिकनिक मनाते थे। पिकनिक के पहले दिन स्वामी जी ने खुद अपने हाथों से खाना पकाया था, यह देखकर श्रीरामकृष्ण ने खुद वे पकवान ग्रहण किए। ब्राह्मण के अलावा वे किसी अन्य के हाथों पकाया हुआ खाना ग्रहण नहीं करते थे, इसलिए स्वामी जी ने उनके लिए ठाकुरबाड़ी के प्रसाद-स्वरूप आहार का बंदोबस्त किया था लेकिन उन्होंने ऐसा कुछ करने को मना कर दिया। उन्होंने कहा, "तुम जैसे शुद्ध-सत्त्वगुणी के हाथों तैयार किया गया भोजन खाने में कोई दोष नहीं होगा।" स्वामी जी ने बार-बार आपत्ति जताई लेकिन श्रीरामकृष्ण ने उनकी एक न सुनी और उस दिन उन्होंने स्वामी जी के हाथों पकाया हुआ आहार ग्रहण किया।

जब स्वामी विवेकानंद जी के पिता की मृत्यु हुई तब माँ-भाई को खाना भी नसीब नहीं होता था, तब एक दिन स्वामी विवेकानंद अपने बचपन के दोस्त अन्नदा गुहा के साथ श्रीरामकृष्ण से मिलने गए। उन्होंने अन्नदा गुहा से कहा, "नरेन्द्र के पिता की मृत्यु हो गई है, वे लोग बेहद तकलीफ में हैं, ऐसे में अगर यार-दोस्त उसकी मदद करें तो अच्छा हो।" अन्नदा गुहा जब चले गए तो स्वामी जी उन पर बिफर पड़े। उन्होंने कहा, "आपने उससे वे बातें क्यों कहीं?" तिरस्कृत होकर श्रीरामकृष्ण रोने लगे। उन्होंने कहा, "ओ रे, तेरे लिए तो मैं दर-दर भीख तक माँग सकता हूँ।" श्रीरामकृष्ण ने अपने प्यार से सबको अपने वश में कर लिया था। मृत्यु-सूतक के समापन से पहले ही स्वामी जी को नौकरी की कोशिश में घूमते रहना पड़ा। अनाहार, नंगे पाँव, हाथ में नौकरी का आवेदन लिए चिलचिलाती धूम में वे दफ्तर-दफ्तर भटकते फिरे। उनके मित्र कभी-कभी उनके दुःख से दुःखी होकर उनके साथ होते थे, कभी नहीं भी होते थे लेकिन हर जगह से उन्हें विफल मनोरथ लौटना पड़ा। संसार के साथ पहले परिचय में ही उन्होंने महसूस किया कि स्वार्थशून्य सहानुभूति यहाँ अत्यंत विरल है। दुर्बल-दरिद्र लोगों के लिए यहाँ कोई स्थान नहीं है। स्वामी जी ने देखा, अभी दो दिन पहले तक जो लोग किसी भी मामले में इंचमात्र भी मदद करने का मौका पाकर अपने को धन्य मानते थे। अब समय के तकाजे पर वे लोग ही उन्हें देखकर चेहरा विकृत कर लेते थे और क्षमता होने के बावजूद मदद करने से पीछे हट जाते थे। यह देखकर कभी-कभी उन्हें यह समस्त संसार किसी दानव की रचना लगता था।

उन दिनों चिलचिलाती धूप में घूमते-घूमते एक दिन स्वामी जी के पैरों में छाले पड़ गए थे। बेहद थककर वह गड़ेर मठ में स्थित मनुमेंट की छाया में बैठ गए थे। उस दिन दो-एक दोस्त भी उनके साथ थे या अचानक उस जगह उनसे आ मिले थे। उनमें से ही किसी एक ने शायद उन्हें सांत्वना देने के लिए ही कहा था, 'बह रही कृपाघन ब्रह्मसाँस पवन में' वगैरह-वगैरह। उनकी बातें सुनकर उस वक्त स्वामी जिन्हें ऐसा लगा जैसे कोई उनके सिर पर हथौड़े से मार रहा हो। माँ-भाइयों की नितांत असहाय स्थिति का स्मरण होते ही वह बेहद क्षोभ, निराशा, अभिमान से भरकर बोल उठे, "चल, चल, चुप कर! जिसके आत्मीयजन को भूख की ताड़ना की यंत्रणा नहीं भुगतनी पड़ती, जिन लोगों को कभी दाने-दाने की मोहताजी नहीं झेलनी पड़ती, जो लोग हाथ से खींचे जानेवाले पंखे की हवा खाते-खाते ये सब जुमले सुनते हैं, उन लोगों को इस किस्म की कल्पनाएँ मधुर लग सकती हैं। कभी मुझे भी मधुर लगती थीं लेकिन इस वक्त कठोर सत्य की सामना करते हुए यह मुझे भयंकर व्यंग्य लग रहा है।"

स्वामी जी की इन बातों से उनका मित्र शायद परेशान हो उठा। दारिद्र्य तले कैसे कठोर रूप से कुचले जाते हुए इंसान की जुबान से ऐसी बातें निकल रही हैं, वह भला कैसे समझता? सुबह उठकर जब स्वामी विवकानंद को चोरी-छिपे पता चलता था कि सभी घरवालों के लिए आज पर्याप्त आहार नहीं है और हाथ में पैसे भी नहीं हैं। उस दिन वह माँ से यह कहकर बाहर निकल जाते थे कि "आज मेरा निमंत्रण है।" बाहर किसी दिन कुछ मामूली सा खाकर किसी-किसी दिन उपवासे ही वक्त गुजार देते थे। मारे अभिमान के वह घर या बाहर किसी से यह बात जाहिर भी नहीं कर पाते थे। अमीर मित्रों में से बहुतेरे मित्र पहले की तरह ही उन्हें अपने घर या उद्यान में ले जाकर संगीत वगैरह द्वारा उनके आनंदवर्धन का अनुरोध करते। उन लोगों की बात वह जब टाल नहीं पाते थे तो कभी-कभी उनके साथ उनका मनोरंजन करने में सक्रिय हो उठते थे लेकिन उनके सामने अपने दिल की बात जाहिर करने का मन नहीं होता था। उन लोगों ने भी अपने आप आगे बढ़कर इस बारे में कुछ जानने की कभी कोशिश नहीं की। उनमे से शायद विरल दो-एक मित्र कभी-कभी मत जाहिर करते थे, "तू आज इतना दुःखी और दुर्बल क्यों नजर आ रहा है, कुछ बता तो सही।" सिर्फ एक ही व्यक्ति ने स्वामी जी के अनजाने में किसी दूसरे से उनकी स्थिति के बारे में जानकर गुमनाम पत्र के जरिए उनकी माँ को किसी-किसी समय कुछ रूपए भेजकर उन्हें हमेशा के लिए चिर-ऋणी बना दिया था।

यौवन में पदार्पण करके स्वामी विवेकानंद जी के बचपन के जो साथी चरित्रहीन हो गए थे और गलत-सलत ढंग से मामूली सा थोड़ा-बहुत कमा-खा रहे थे। उनमें से

किसी-किसी को जब उनके दारिद्रय की जानकारी मिली तो उन्हें मौका मिल गया। उन लोगों ने स्वामी जी को अपने दल में खींचने की कोशिश की। उन लोगों में से जो लोग पहले की स्वामी जी की स्थिति में परिवर्तन की वजह से अचानक पतित हो गए थे और एक तरह से विवश होकर जीवन-यात्रा के निर्वाह के लिए जिन्होंने हीन पथ का अवलंबन किया था, उन्होंने देखा, वे लोग सच में ही उनके लिए व्यथित हुए। उन दिनों महामाया भी उनके पीछे पड़ने से पीछे नहीं रही। एक अमीर महिला की पहले से ही उनपर नजर थी। मौका पाकर उन्होंने स्वामी जी को प्रस्ताव भेजा कि वह उनके साथ-साथ उनकी संपत्ति ग्रहण करके अपना दु:ख-दारिद्रय दूर कर सकते हैं। उनसे पीछा छुड़ाने के लिए स्वामी जी को भयंकर अवज्ञा और कठोरता दिखानी पड़ी। एक और महिला भी उन्हें इसी तरह का प्रलोभन देने आ धमकी। स्वामी जी ने उनसे कहा, "देवीजी! इस राख-भस्म की देह की तृप्ति के लिए इतने दिनों कितना कुछ किया। अब मृत्यु सामने है। तब के लिए कोई तैयारी की है? सुनो, हीन बुद्धि त्यागकर भगवान को पुकारो।" जो भी हो, इतने दु:ख-कष्ट में भी अब तक आस्तिक-बुद्धि विलुप्त नहीं हुई या ईश्वर मंगलमय के प्रति संदेह नहीं जागा।

हर सुबह नींद टूटते ही स्वामी जी स्मरण-मनन करते, ईश्वर का नाम-जाप करते-करते बिस्तर छोड़ते और हृदय में भरपुर उम्मीद और हिम्मत भरकर उपार्जन के उपाय की तलाश में घूमते-भटकते फिरते थे। ऐसे ही एक दिन जैसे ही उन्होंने बिस्तर छोड़ा तो उनकी आहट पाकर बगल के कमरे से माँ बोल उठीं, "चुप कर छोकरे, बचपन से ही भगवान की रट लगाए है, यह सब भगवान का ही तो किया-कराया है।" उनकी बातों से स्वामी जी के मन को भयंकर आघात पहुँचा। वह स्तंभित होकर सोचने लगे कि भगवान क्या सच ही कहीं हैं? अगर हैं भी तो वे क्या इंसानों की करुण प्रार्थना सुनते हैं? फिर मैं जो इतनी-इतनी प्रार्थनाएँ करता हूँ, वे कोई उत्तर क्यों नहीं देते? शिव के संसार में इतने सारे अ-शिव कहाँ से आ गए? मंगलमय के साम्राज्य में इतनी तरह के अमंगल क्यों? विद्यासागर महाशय ने दूसरों के दु:ख से कातर होकर कभी जो कहा था, वह कठोर व्यंग्य के लहजे से उनके कानों में गूँजने लगा। विद्यासागर महाशय ने कहा था, "भगवान अगर परम दयामय और मंगलमय है तो दुर्भिक्ष के कराल पंजे में फँसकर लाखों-लाख लोग दाने-दाने को मोहताज होकर क्यों मर रहे हैं?" स्वामी जी का मन ईश्वर के प्रति प्रचंड अभिमान से भर उठा। गुपचुप कोई काम करना स्वामी जी की प्रकृति के विरूद्ध था। बचपन से ही ऐसा करना तो दूर की बात, मारे डर के या किसी और वजह से अपने मन की सोच तक कभी किसी से छुपाने का उन्होंने

अभ्यास नहीं किया। अस्तु! ईश्वर नहीं हैं या हैं भी, तो उन्हें पुकारने में कोई सफलता पाने या प्रयोजन महसूस करने की जरूरत नहीं है। कुछ ही दिनों के अंदर यह अफवाह फैल गई कि स्वामी जी नास्तिक हो गए हैं और चरित्रहीन लोगों के साथ हिल-मिलकर वह शराब पीने और वेश्यालय-गमन तक से भी कुंठित नहीं होता।

बचपन से ही स्वामी जी का मन इस अकारण और खामखाह की निंदा सुनकर कठिन हो आया। अब किसी के पूछे बिना ही वह यह कहते फिरते, इस दुःख-कष्ट के संसार में अपनी दूर-दृष्टि का ख्याल भूले रहने के लिए अगर कोई शराब पीए या वेश्यागृह गमन करे और अपने को खुश रखें, उसमें उन्हें बूँद भर भी आपत्ति नहीं होगी। सिर्फ इतना ही नहीं, इसी तरह वह भी उन लोगों की तरह क्षणिक सुखभोगी बन सकते हैं। जिस दिन यह बात निःसंशय में आ जाएगी, उस दिन वह भी ऐसा ही करेंगे, किसी के भय से पीछे नहीं हटेंगे। बातें कानों-कान प्रचारित होती रहती हैं। उनकी सारी बातें तरह-तरह से विकृत होकर दक्षिणेश्वर में श्रीरामकृष्ण के पास और कलकत्ता स्थित उनके भक्तों तक पहुँचने में देर नहीं हुई। कुछ तो उनका स्वरूप और मनःस्थिति के बारे में फैसला करने के लिए स्वामी जी से मिलने के लिए आ पहुँचे। जो अफवाह फैली थी वह पूरी-पूरी तरह न सही, उस पर कितना सा विश्वास करने को वे तैयार हैं, यह इशारे-इशारे में उन लोगों ने समझा दिया। उन्हें वे लोग इस हद तक हीन समझ सकते हैं, यह जानकर स्वामी जी ने भयंकर अभिमान से भड़ककर कहा कि सजा पाने के डर से ईश्वर पर भरोसा करना मन की दुर्बलता है। इस बारे में उन्होंने पूरे अधिकार के साथ मेल, मिल, कांट वगैरह पश्चिमी दार्शनिकों के मंतव्य देकर यह प्रमाण दे डाला कि ईश्वर के अस्तित्व का कोई प्रमाण नहीं मिलता और उन लोगों के साथ जबरदस्त बहसबाजी शुरू कर दी। स्वामी जी समझ गए कि उनका अधःपतन हुआ है। अपना यह विश्वास दृढ़तर करके उन लोगों ने विदा ली और उन्हें भी अंदर-ही-अंदर खुशी हुई। स्वामी जी ने यह भी सोच लिया कि इन लोगों का बयान सुनकर श्रीरामकृष्ण भी इन्हीं बातों पर शायद विश्वास कर लेंगे। यह ख्याल आते ही उनका मन भीषण अभिमान से दोबारा भर उठा। उन्होंने भी तय कर लिया कि अगर वे इन बातों पर विश्वास करते हैं तो करें। इंसान के अच्छे-बुरे मंतव्यों की जब इतनी ही कम कीमत है, तब इससे क्या फर्क पड़ता है लेकिन बाद में यह खबर पाकर स्वामी जी स्तंभित रह गए कि श्रीरामकृष्ण ने उन लोगों की जुबानी सारा किस्सा सुनकर तत्काल 'हाँ' या 'ना' कुछ भी नहीं कहा। बाद में भवनाथ ने रोते-रोते जब यही कहानी दोहराते हुए उनसे कहा था, "नरेन्द्र का यह हाल होगा, ऐसा सपने में भी

नहीं सोचा था।" उसी पल श्रीरामकृष्ण भयंकर उत्तेजित हो उठे। बहरहाल, इस ढंग से अहंकार और अभिमानवश नास्तिकता पोषण करने से क्या होना था। अगले ही पल, बचपन से ही, खासकर श्रीरामकृष्ण के दर्शनों के बाद जीवन में जो सब अद्‌भुत-अद्‌भुत अनुभूतियाँ हुई थीं, वे तमाम यादें उजले रंगों में उभर आईं।

स्वामी विवकानंद जी सोचते रहे, ईश्वर जरूर मौजूद हैं और उन्हें प्राप्त करने की राह भी जरूर है, वरना इस संसार में प्राण-धारण की कोई जरूरत नहीं थी। जीवन में चाहे जितने भी दु:ख-कष्ट आएँ, उन्हें पाने की राह खोज निकालनी होगी। इस तरह दिन-पर-दिन गुजरते रहे और ग्रीष्म के बाद बारिश का मौसम आ पहुँचा। उन दिनों भी स्वामी जी पहले की तरह नौकरी-चाकरी की तलाश में भटकते फिर रहे थे। एक दिन दिनभर के उपवास और बरसात में भीग-भीगकर रात को थके-हारे कदमों से और उतने ही थके-हारे मन से जब वह घर लौटे तो तन-बदन में ऐसी भीषण क्लांति महसूस की कि एक कदम भी आगे नहीं बढ़ा गया। वह पड़ोसी के घर के चबूतरे पर जड़ पदार्थ की तरह ढह गए। कुछ देर के लिए उनकी चेतना का लोप हो गया था या नहीं, वह बता नहीं सकते थे लेकिन इतना याद है कि उस वक्त मन में रंग-रंग की चिंताएँ और तस्वीरें अपने आप उभरती और विलीन होती रहीं। उन चिंताओं को भगाकर किसी एक खास विचार पर अपने मन को बाँधकर रखने की क्षमता उनमें नहीं थी। अचानक उन्हें अंतर्ज्ञान हुआ, किसी देव-शक्ति के प्रभाव से मन के भीतर के कई-कई परदे मानो एकदम से उत्ताल हो उठे कि शिव की दुनिया में अ-शिव क्यों? ईश्वर की कठोर न्यायप्रियता और अपार करुणा के सामंजस्य वगैरह विषयों पर कोई फैसला न ले पाने की वजह से उनका मन इतने दिनों तरह-तरह के शक-शुबहे से, आकुल-व्याकुल रहता था। अचानक उन सब विषयों की निश्चित मीमांसा उन्हें अपने मन के निविड़तम प्रदेश में ही नजर आने लगी। वह आनंद से उत्फुल्ल हो उठे। इसके बाद स्वामी जी ने गौर किया, घर लौटते हुए उनके तन-बदन में बूँद भर भी थकान का नामोनिशान नहीं था। उनका मन अमित बल एवं शांति से भर उठा। रात की परिसमाप्ति में बस कुछ ही देर थी।

स्वामी विवेकानंद अब संसार की निंदा-स्तुति से उदासिन हो गए। इस बारे में वह दृढ़ विश्वासी हो उठे कि आम लोगों की तरह अर्थोपार्जन करके अपने परिवार की सेवा करने और भोग-सुख में समय गुजारने के लिए उनका जन्म नहीं हुआ था। वह भीष्म पितामह की तरह संसार-त्याग के लिए चुपचाप प्रस्तुत होने लगे। जब स्वामी जी ने जाने का दिन तय कर डाला तो उन्हें खबर मिली कि उसी दिन श्रीरामकृष्ण

अपने किसी भक्त के यहाँ कलकत्ता आ रहे हैं। उन्होंने सोचा, चलो अच्छा ही हुआ। गुरु-दर्शन करके मैं हमेशा-हमेशा के लिए घर त्याग कर दूँगा। श्रीरामकृष्ण के दर्शन होते ही उन्होंने कसकर स्वामी जी का हाथ थामते हुए कहा, "आज तुझे मेरे साथ दक्षिणेश्वर चलना होगा।" स्वामी जी ने तरह-तरह के बहाने बनाए। उन्होंने स्वामी जी को किसी हाल भी नहीं छोड़ा। अंत में उन्हें उनके साथ जाना ही पड़ा। गाड़ी में उनसे खास कोई बात नहीं हुई। दक्षिणेश्वर पहुँचकर कुछ देर वह और लोगों के साथ उनके कमरे में ही बैठे रहे। उसी वक्त श्रीरामकृष्ण पर भाव आ गया और देखते-ही-देखते वे अचानक स्वामी जी के पास चले आए और उन्हें बड़े प्यार से थामकर आँखों से धार-धार आँसू बहाते हुए गा उठे, "बात कहते डरूँ ना कहते भी डरूँ, मन में जागा संदेह, कहीं तुम्हें न खो दूँ, न खो दूँ।" इतनी देर तक स्वामी जी ने अपनी प्रबल भावराशि को सायास अपने अंतस् में दबाए रखा था, अब उनसे उसका वेग संवरण नहीं किया गया। श्रीरामकृष्ण की तरह स्वामी जी की छाती भी आँसुओं से भीग उठी। वह निश्चित जान गए, श्रीरामकृष्ण उनकी सारी बातें जान गए हैं। उन दोनों का हाल देखकर वहाँ मौजूद सभी लोग स्तंभित हो गए। सामान्य होने के बाद किसी ने श्रीरामकृष्ण से इसका कारण पूछा। उन्होंने थोड़ा हँसकर कहा, "हम दोनों का भी एक-सा हाल हो गया।" बाद में रात को सबको वहाँ से हटाकर उन्होंने स्वामी जी को अपने करीब बुलाकर कहा, "जानता हूँ मैं, तुम माँ का काम करने के लिए ही आए हो। घर-गृहस्थी में तुम कभी भी नहीं टिक पाओगे लेकिन जितने दिनों मैं हूँ, मेरे लिए रहो।" इतना कहते हुए मन के आवेग में उमड़कर श्रीरामकृष्ण रुद्ध आवाज में दोबारा अश्रु-विसर्जन करने लगे।

अगले दिन श्रीरामकृष्ण से विदा लेकर स्वामी जी घर लौट आए। घर पहुँचते ही गृहस्थी की सैकड़ों चिंता-फिक्र ने उनके मन को दोबारा घेर लिया। पहले की तरह ही फिर हजारों कोशिशों के बाद वह दोबारा लौटने लगे। नतीजा यह हुआ कि एटॉर्नी दफ्तर में मेहनत-मशक्कत करके और पुस्तकों के अनुवाद के जरिए थोड़ी-बहुत कमाई करने लगे और किसी तरह दिन गुजरने लगे लेकिन किसी स्थायी काम या नौकरी का जुगाड़ नहीं हो पाया और माँ तथा भाइयों के भरण-पोषण का कोई व्यवस्थित बंदोबस्त भी नहीं हो पाया। कुछ दिनों बाद स्वामी जी को ख्याल आया कि श्रीरामकृष्ण की तो ईश्वर सुनते हैं। उनसे अनुरोध किया जाए ताकि माँ और भाइयों के खाने-पहनने की तकलीफ दूर हो सके। उनसे यही प्रार्थना करा लूँगा। मेरे लिए प्रार्थना करने से वे कभी इनकार नहीं करेंगे। वह दक्षिणेश्वर दौड़ पड़े और जिद्दी व्यक्ति की तरह ठाकुर के पैर पकड़ लिए, "मेरी माँ-भाइयों के आर्थिक कष्ट-निवारण के लिए आपको माँ

से बात करनी ही होगी।" श्रीरामकृष्ण ने कहा, "ओ रे, मैं तो ये सब बातें नहीं कह पाऊँगा। तू खुद क्यों नहीं जाता? असल में तू माँ को मानता नहीं इसीलिए तुझे इतना कष्ट है।" स्वामी जी ने कहा, "मैं तो माँ को जानता नहीं। आप ही मेरे लिए माँ से कहें न! आपको कहना ही होगा। मैं अब आपको किसी हाल में भी नहीं छोड़नेवाला।"

श्रीरामकृष्ण ने सस्नेह कहा, "अरे! मैंने तो जाने कितनी बार कहा, माँ, नरेन्द्र का दु:ख-कष्ट दूर कर लेकिन तू माँ को नहीं मानता इसलिए तो माँ सुनती नहीं। अच्छा, आज मंगलवार है मैं कहता हूँ, सुन! आज रात काली घर में जाकर माँ को प्रणाम करके तू जो चाहेगा माँ तुझे वही देगी। सुन, माँ मेरी चिन्मयी ब्रह्मशक्ति है। अपनी इच्छा से उन्होंने यह जगत प्रसव किया है। वे अगर चाहें तो क्या नहीं कर सकतीं।" स्वामी जी का विश्वास दृढ़ हो उठा। श्रीरामकृष्ण जब यह कह रहे हैं तो जरूर प्रार्थना करते ही मेरे सारे दु:ख-कष्टों का अवसान होगा। स्वामी जी प्रबल उत्कंठा के साथ रात की प्रतीक्षा करने लगे। धीरे-धीरे रात आ पहुँची। एक प्रहर बीतने के बाद श्रीरामकृष्ण ने स्वामी जी को श्री मंदिर में जाने को कहा। जाते-जाते वह किसी गहरी बेसुधी में आच्छन्न हो पड़े। उनके पैर लड़खड़ाने लगे। मैं सचमुच माँ के दर्शन कर पाऊँगा, उनके श्रीमुख की वाणी सुन पाऊँगा, इस दृढ़ विश्वास के साथ मन में बसे अन्य सभी विषयों को भुलाकर नितांत एकाग्र और तन्मय होकर वह इसी अनुभूति में डूब गए।

मंदिर में उपस्थित होकर स्वामी जी ने देखा, माँ सच ही चिन्मयी हैं, सच ही जीविता हैं और अनंत प्रेम तथा सौंदर्य की प्रस्त्रवण-स्वरूपिणी हैं। उनका मन भक्ति और प्रेम से विकसित हो आया। विह्वल होकर माँ को बार-बार प्रणाम करते हुए वह कह उठे, "माँ मुझे विवेक दो, वैराग्य दो, ज्ञान दो, भक्ति दो, ताकि तुम्हारे अबाध दर्शन नित्य लाभ करूँ। मुझे बस ऐसा बना दो।" स्वामी जी का मन शांति से आप्लूत हो उठा। संसार नि:शेष में अंतर्निहित हो गए। एकमात्र माँ ही हृदय में पूर्ण आसीन हो रहीं। श्रीरामकृष्ण के पास लौटते ही उन्होंने पूछा, "क्या रे, माँ से सांसरिक अभाव दूर करने की प्रार्थना कर आया न?" उनका प्रश्न सुनकर स्वामी जी चकरा गए। उत्तर दिया, "नहीं जी, मैं तो भूल गया। अब मैं क्या करूँ?" "जा, जा फिर जा। जाकर यही बात कह आ!" स्वामी जी दोबारा मंदिर की ओर चल पड़े। माँ के सामने उपस्थित होकर पुन: मोहित हो आए और सारी बातें भूलकर बार-बार प्रणाम करते हुए ज्ञान-भक्ति प्राप्ति की प्रार्थना की और लौट आए। श्रीरामकृष्ण ने हँसते-हँसते पूछा, "क्या रे, इस बार तो कह आया न?" स्वामी जी फिर चौंक गए। उन्होंने उत्तर दिया, "माँ को देखते ही मैं किसी देवी शक्ति के प्रभाव में आकर सारी बातें भूल गया, सिर्फ ज्ञान-भक्ति प्राप्ति की

बात कही। क्या होगा अब?" श्रीरामकृष्ण ने कहा, "धत् तेरे की छोकरे! अपने को जरा सँभालकर प्रार्थना नहीं कर पाया? चल, अब हो सके तो एक बार फिर जाकर अपनी बात बता आ। जा, जल्दी जा!" स्वामी जी एक बार फिर चल पड़े। मंदिर में प्रवेश करते ही उन्हें घोर लज्जा ने घेर लिया। उन्हें ख्याल आया कि माँ से कैसी तुच्छ चीज माँगने आया हूँ। श्रीरामकृष्ण कहते हैं न, राजा की कृपा प्राप्त करके उनसे भीख में लौकी-कुम्हड़ा माँगना। यह भी तो उसी तरह की मूर्खता है। मैं क्या इतना हीन-बुद्धि हूँ?

लज्जा और घृणा में डूबे-डूबे, पुनः प्रणाम करते-करते स्वामी जी दोबारा याचना करने लगे। "मुझे और कुछ नहीं चाहिए, माँ, मुझे सिर्फ ज्ञान और भक्ति दो।" मंदिर से बाहर आकर स्वामी जी को लगा यह जरूर श्रीरामकृष्ण का ही खेल है, वरना तीन-तीन बार माँ के सामने जाकर भी कुछ भी नहीं कहा जा सका। इस बार वह श्रीरामकृष्ण को ही पकड़कर बैठ गये। आपने ही जरूर मुझे भ्रमित कर दिया। मैं सबकुछ भूल गया। अब आपको ही कहना होगा। मेरी माँ-भाइयों के आहार-पोषण का अभाव मिटाना होगा। उन्होंने कहा, "ओ रे, मैंने तो किसी के लिए भी ऐसी प्रार्थना कभी नहीं की। ऐसी बातें मेरी जुबान से निकलतीं ही नहीं। मैंने तो तुमसे कहा था कि माँ के पास जा। माँ से जो माँगेगा, मिल जाएगा लेकिन तू माँग ही नहीं सका। तेरी किस्मत में संसार-सुख है ही नहीं, मैं क्या करूँ?" स्वामी जी ने कहा, "यह नहीं हो सकता। मेरे लिए आपको यह बात कहनी ही होगी। मुझे पक्का विश्वास है कि अगर आप कहेंगे तो उन लोगों का दु:ख-कष्ट मिट जाएगा।"

इस तरह जब स्वामी जी ने किसी हाल में भी उनका पीछा नहीं छोड़ा तब उन्होंने कहा, "अच्छा, जा! तुम लोगों को मोटे भात-कपड़ों का कभी अभाव नहीं होगा।" स्वामी जी के लिए श्रीरामकृष्ण ने माँ से कितना कुछ कहा। जब वह दाने-दाने को मोहताज थे, जब उनके पिता की मृत्यु हो गई, जब घरवाले भीषण कष्ट में थे, तब उन्होंने स्वामी जी के लिए माँ से रुपयों के लिए प्रार्थना की। रूपए नहीं मिले। उन्होंने कहा, "माँ ने कहा है कि मोटा भात, मोटे कपड़े मिल सकते हैं। चावल-दाल मिल सकता है।" स्वामी जी को इतना प्यार करते थे लेकिन जब कभी उनके मन में कोई अपवित्र भाव आता, वे तत्काल जान जाते थे। स्वामी जी जब अन्नदा के साथ घूमते-फिरते थे, जब कभी-कभी बुरे लोगों की संगति में जा पड़ते थे, उन्हें खबर मिल जाती थी। उसके बाद जब स्वामी जी उनके समीप गए तो उन्होंने उनके हाथ से नहीं खाया। स्वामी जी का हाथ जरा सा उठा, उससे ज्यादा नहीं उठ सका। उनकी बीमारी के समय भी स्वामी जी का हाथ सिर्फ मुँह तक पहुँच सका, उससे ऊपर नहीं उठा।

श्रीरामकृष्ण ने कहा, "तेरा अभी भी कुछ नहीं बना।" अकेले श्रीरामकृष्ण ही पहली भेंट के समय से ही हमेशा स्वभाव से स्वामी जी पर विश्वास करते आए। उन पर इतना विश्वास और किसी ने भी नहीं किया, उनके सगे माँ-भाइयों ने भी नहीं। उनके इस विश्वास और प्यार ने ही स्वामी जी को हमेशा-हमेशा के लिए बाँध लिया। एकमात्र वे ही प्यार करना जानते थे और प्यार कर सकते थे। संसार के अन्य सभी लोग अपनी स्वार्थ-सिद्धि के लिए प्यार का सिर्फ नाटक भर करते हैं।

काली और काली के सभी प्रकार के क्रिया-कलापों की स्वामी जी ने जाने कितनी अवज्ञा की है। उनके पहले मानसिक द्वंद्व का कारण यही था कि वह उन्हें मानते नहीं थे लेकिन अंत में उन्हें मानना ही पड़ा। श्रीरामकृष्ण परमहंस स्वामी विवेकानंद जी को उन्हीं को समर्पित कर गए और अब स्वामी जी को पक्का भरोसा था कि सारे कार्यों के लिए वे ही उन्हें परिचालित करती हैं और उनसे अपनी इच्छानुसार काम करा लेती हैं। इसके बावजूद जाने कितने ही दिनों वह उनके विरूद्ध लड़ते रहे। सच तो यह है कि स्वामी जी श्रीरामकृष्ण को ही प्यार करते थे इसलिए वे उन्हें ही थामे रहते थे। स्वामी जी ने उनकी अपूर्व पवित्रता देखी थी और उनका प्यार अनुभव किया था। तब तक भी उनका महत्त्व स्वामी जी की दृष्टि में उजागर नहीं हुआ था। बाद में जब स्वामी जी ने उनके आगे अपने आप को समर्पित कर दिया तब जाकर ये भाव जागे थे। इससे पहले वह उन्हें विकृत मस्तिष्क निरा शिशु भर समझते थे। वह सोचते थे शायद इसीलिए वे हमेशा अलौकिक दृश्य वगैरह देखा करते हैं। स्वामी जी इन सबसे घृणा करते थे। उसके बाद उन्हें भी माँ काली को आखिर मानना ही पड़ा। जिस कारण से स्वामी जी को मानना पड़ा वह एक गुप्त रहस्य था और वह उनकी मृत्यु के साथ ही लुप्त हो गया। उन दिनों स्वामी जी का भीषण भाग्य-विपर्यय चल रहा था। वह उनके जीवन में एक सुनहरे मौके की तरह आया था। माँ (काली) ने उन्हें अपना क्रीतदास बना लिया। उन्होंने यही तो कहा था, "मैं तुम्हारा दास हूँ।" श्रीरामकृष्ण परमहंस ने ही उन्हें उनके चरणों में अर्पित कर दिया था। अद्‌भुत बात थी। इस घटना के बाद वे कुल दो वर्ष ही जीवित रहे और उसमें भी अधिकांश समय ही वे बीमार रहे। छह महीनों के अंदर ही उनका स्वास्थ्य और लावण्य नष्ट हो गया था। कोई यह सोचकर दु:खी न हो कि उसे समझाने के लिए किसी और को भीषण कष्ट उठाना पड़ा। स्वामी जी दीर्घ छह वर्षों तक अपने गुरुदेव से लड़ते रहे, फलस्वरूप राह की हर छुटपुट जानकारी अब उनकी उँगलियों की पोर पर मौजूद थी।

श्रीरामकृष्ण स्वामी विवेकानंद जी को अत्यधिक प्यार करते थे इसलिए बहुत से लोग उनसे ईर्ष्या करते थे। जिस किसी भी व्यक्ति को देखते ही वे उसका चरित्र समझ

जाते थे और इस मामले में उनकी राय में कोई परिवर्तन नहीं होता था। उनमें इंद्रियातीत अनुभूति थी। जिस-जिस व्यक्ति को वे अपना अंतरंग या भीतरी व्यक्ति मानते थे, उन लोगों को वे अपने बारे में गुप्त तत्त्व और योगशक्ति का रहस्य सिखाते थे। बाहरी व्यक्ति या बहिरंग लोगों को वे तरह-तरह की उपदेशात्मक कहानियाँ सुनाते थे। इन्हीं कहानियों को लोग 'श्रीरामकृष्ण की कथाएँ' कहते हैं। इन अंतरंग तरुणों को वे अपने कार्यों के लिए उपयोगी ढंग से गढ़ लेते थे। अगर कोई उन लोगों के विरुद्ध कोई शिकायत भी करता था तो वे उस पर कान नहीं देते थे। अंतरंग और बहिरंग लोगों में शेषोत्तर लोगों के कामकाज देखकर प्रथमोत्तर लोगों की तुलना में उन्हीं लोगों के प्रति ही स्वामी जी की धारणा ज्यादा अच्छी थी लेकिन अंतरंग लोगों के प्रति स्वामी जी का अंध-अनुराग था। स्वामी जी के बारे में उन्हें यह डर था कि उन्हें आजादी दी गई तो वे कहीं कोई नया संप्रदाय न बना लें। उन्होंने किसी से कहा था, "इस जीवन में तुम्हें धर्म-लाभ नहीं होगा।" उन्हें लोगों का भूत-भविष्य नजर आ जाता था। बाहर से तो प्रतीत होता था कि वे किसी-किसी के प्रति पक्षपात करते हैं, उसका यही कारण था। चिकित्सक जैसे विभिन्न रोगियों की चिकित्सा विभिन्न तरीके से करते थे, वैज्ञानिक-मनोभाव-संपन्न वे भी उसी तरह विभिन्न लोगों के लिए विभिन्न तरह की साधना का निर्देश देते थे। उनके कक्ष में अंतरंग लोगों के अलावा अन्य किसी को भी सोने नहीं दिया जाता था।

उन दिनों एक बात प्रचलित हो गई थी और सभी लोग बिना किसी आपत्ति के यह बात स्वीकार करते थे कि मूर्ति-पूजा गलत है। स्वामी जी भी ऐसा ही सोचते थे और इसके दंडस्वरूप उन्हें एक ऐसे व्यक्ति के चरणों में बैठकर शिक्षा-लाभ करना पड़ा, जिन्हें मूर्ति-पूजा से ही सर्वस्व प्राप्त हुआ। स्वामी जी इस समय श्रीरामकृष्ण परमहंस की बात कर रहे थे। स्वामी विवेकानंद के गुरुदेव श्रीरामकृष्ण जब बीमार पड़े, एक ब्राह्मण ने रोग-मुक्ति के लिए उन्हें प्रबल मनःशक्ति के प्रयोग की सलाह दी थी। उनकी राय थी कि आचार्यदेव अगर अपनी देह के रोगाक्रांत अंश पर अपने मन को एकाग्र करें तो उनकी बीमारी खत्म हो जाएगी। श्रीरामकृष्ण ने कहा, "क्या? जो मन मैंने ईश्वर को अर्पित कर दिया है वह मन इस तुच्छ शरीर पर एकाग्र करूँ!" वे देह या रोग के बारे में सोचना ही नहीं चाहते थे। उनका मन सर्वदा ईश्वर में ही तन्मय रहता था। उनका वह मन पूरी तरह से ईश्वर को समर्पित हो चुका था। वे अपने मन को अन्य किसी उद्देश्य हेतु प्रयोग करने को राजी नहीं थे।

श्रीरामकृष्ण ने अपने जीवनकाल में स्वामी विवेकानंद जी की प्रार्थना कभी अस्वीकार नहीं की। स्वामी जी के लाखों अपराध उन्होंने क्षमा कर दिए। इतना प्यार

तो उनके माता-पिता ने भी कभी नहीं किया। यह कवित्व नहीं है, अतिरंजना भी नहीं है। यह कठोर सत्य है और उनके शिष्य मात्र ही जानते हैं। आफत-विपद प्रलोभन में 'भगवान् मेरी रक्षा करो' यह गुहार लगा लगाकर रोते-रोते थक गए, किसी ने भी उत्तर नहीं दिया लेकिन इस अद्‌भुत महापुरुष ने या अवतार ने या वे चाहे जो भी हों, स्वामी जी की सगर वेदना जानने के बाद उन्हें बुलाकर जोर-जबरदस्ती सबकुछ अपहरण किया। इस जगत में एकमात्र उन्हीं को स्वामी जी ने अहेतुक दया-सिंधु देखा था। प्रभु की दया का निर्देशन स्वामी जी को भूरि-भूरि अपने जीवन में मिला था। वे पीछे खड़े होकर स्वामी जी से ये सब कार्य करा लेते थे। जब स्वामी जी भूख से कातर होकर पेड़ तले पड़े रहते थे, जब उनके पास कौपीन तक धारण करने जितना वस्त्र तक नहीं था, जब वह पैसे-पैसे को मोहताज होकर पृथवी-भ्रमण के लिए कृतसंकल्प हुए थे, उस वक्त भी गुरु श्रीरामकृष्ण की ही दया ने स्वामी जी को हर तरह से सहायता प्रदान की। उनके सामने ही कभी-कभी स्वामी जी उन्हें गाली तक दे डालते थे। सुनकर वे हँस देते थे। इसका कारण था कि स्वामी जी ने उन्हें बहुत कम ही जाना। स्वामी जी को वे इतने बड़े लगते थे कि उनके बारे में कुछ कहते हुए उन्हें डर लगता था। उनकी बात अलग थी। साधारण भक्तों ने श्रीरामकृष्ण को जितना समझा, वास्तव में प्रभु उतने ही नहीं थे। वे अनंत भावमय थे। पूर्ण भक्ति बिना वे कुछ भी नहीं थे लेकिन अंतस में वे पूर्ण ज्ञान थे।

❑

6
स्वामी विवेकानंद जी के गुरु श्रीरामकृष्ण परमहंस

एक जमाना था जब चारों तरफ तरह-तरह के सुधारों की कोशिशें की जा रही थीं। उसी जमानें में एक दरिद्र ब्राह्मण कुल में एक शिशु ने जन्म लिया। उसके माता-पिता अत्यंत निष्ठावान पुरातनपंथी प्राणी थे। वे ही थे- श्रीरामकृष्ण परमहंस। वे लोग बेहद दरिद्र थे लेकिन बहुत बार किसी अतिथि को खिलाने के लिए उनकी माँ पूरे दिन उपवास में गुजार देती थीं। ऐसे माता-पिता की गोद में इस शिशु ने जन्म लिया और जन्म लेते ही उसमें ईषत् विशेषता, थोड़ी असाधारणता प्रकाशित हुई। जन्म से ही उसे अपने पूर्वजन्म की याद बनी रही। वे जानते थे कि वे किस कारण से इस जगत् में आए हैं और उसी उद्देश्य की सिद्धि के लिए उन्होंने अपनी समूची शक्ति लगा दी। नितांत बचपन में ही उनके पिता की मृत्यु हो गई। बच्चे को पाठशाला भेजा गया। किसी सभा में कुछेक पंडितों को तर्क-युद्ध करते हुए देखकर उनकी आँखें खुल गईं। यह क्या समस्त ज्ञान की परिणति है? ये लोग इस तरह से तर्क-युद्ध क्यों कर रहे हैं? सिर्फ रुपए-पैसे के लिए? जो लोग सर्वोच्च ज्ञान का परिचय देंगे उन्हें एक धोती मिलेगी और इसी के लिए वे सभी लोग जी-जान से लड़ रहे थे। उस बच्चे ने कहा, "मैं अब पढ़ने नहीं जाऊँगा।" उन्होंने जो कहा वही किया, हमेशा के लिए स्कूल-पर्व समाप्त। उस बालक के एक बड़े भाई भी थे। वे एक ज्ञानी अध्यापक थे। वे पढ़ाने-लिखाने के लिए रामकृष्ण को अपने साथ कलकत्ता ले आए। कुछ ही दिनों बाद उस बालक ने मान लिया कि समस्त पार्थिव विद्या सिर्फ पार्थिव लाभ के लिए होती है। उन्होंने पढ़ाई-लिखाई त्याग देने का निर्णय लिया और यह भी तय किया कि वे आध्यात्मिक ज्ञान ग्रहण करेंगे। पिता की मृत्यु के कारण परिवार बेहद गरीब हो चुका था। बालक को अपने लिए स्वयं अन्न जुटाने का प्रबंध करना पड़ा। कलकत्ता के नजदीक किसी एक मंदिर में उन्होंने पुरोहित का काम ले लिया। उस मंदिर में आनंदमयी जगन्माता की मूर्ति प्रतिष्ठित थी। उस बालक को सुबह-शाम उनकी पूजा करनी पड़ती थी। पूजा करते-करते एक भाव ने उसके अंतस में अधिकार जमा लिया। इस मूर्ति के पीछे क्या

सचमुच कुछ है? विश्व-संसार में क्या सच ही कोई आनंदमयी माँ हैं? क्या वे सच ही सकल विश्व को नियंत्रित करती हैं?

बालक पुरोहित के मन में जब इन सब भावनाओं ने घर कर लिया, तब रात-दिन उनके मन में केवल एक ही विचार चलता रहता। वे दिन-पर-दिन सिर्फ रोते रहते और पूछते रहते थे, "माँ! क्या तुम सचमुच हो या यह सब कल्पना मात्र हैं?" उनके मन में दिन-प्रतिदिन यह भावना प्रबल होने लगी। अंत में ऐसी हालत हो गई कि वे और कुछ सोच ही नहीं पाते थे। नित्य पूजा और सभी छोटे-मोटे नियमों का पालन करना उनके लिए असंभव हो आया। वे अक्सर ही देवता को भोग लगाना भूलने लगे। कभी-कभी आरती करना भूल जाते और कभी-कभी तो सबकुछ भूलकर घंटों आरती ही करते रहते थे। उनके मन में उन दिनों एक प्रश्न था, माँ, तू क्या सचमुच है? तू बात क्यों नहीं करती? तू क्या मृत है? अंत में नए पुरोहित के लिए मंदिर की पुरोहितगीरी करना असंभव हो आया। उन्होंने अपना दायित्व त्याग दिया और मंदिर के नजदीक ही पंचवटी वन में रहने लगे। अपने जीवन के इस भाव के बारे में उन्होंने स्वामी जी को बहुत बार बताया था। उन्होंने अपने शरीर को बिल्कुल ही विस्मृत कर दिया। आहार तक करने का ख्याल नहीं रहता था। उन दिनों उनके एक आत्मीय ने काफी जतन से उनकी सेवा-शुश्रूषा की। बहुत बार वे उनके मुँह में जबरदस्ती खाना ठूँस देते थे। वे यंत्र-चालित की तरह खा लेते थे। इसी तरह उस बालक के रात-दिन गुजरते रहे। प्रतिदिन शाम को जब मंदिर में आरती के शंख-घंटों की गूँज उनके कानों में पड़ती थी तो उनका मन अतिशय व्याकुल हो उठता था। वे रोते-रोते गुहार लगाते, "माँ, एक और दिन अकारथ चला गया, मगर सत्य को नहीं जान पाया।" उन्हें ऐसी भीषण यंत्रणा होती थी कि कभी-कभी वे जमीन पर अपना चेहरा रगड़ते हुए रोते रहते थे और यही दुहराते हुए फट पड़ते थे "हे जगमाता! तुम मुझमें प्रकाशित हो। देखो, तुम्हारे अलावा मैं और कुछ भी नहीं चाहता।"

उन्होंने सुना था कि माँ के लिए अपना सर्वस्व त्याग किए बिना 'माँ' कभी नहीं मिलतीं। उन्होंने यह भी सुना था कि माँ तो हर किसी के पास आना चाहती हैं लेकिन लोग ही उन्हें नहीं चाहते। लोग तो अपनी सभी प्रकार की छुटपुट निरर्थक इच्छाओं की पूर्ति के लिए छोटी-छोटी मूर्तियों के आगे प्रार्थना करते हैं। वे लोग आत्म-सुख चाहते हैं, माँ को नहीं चाहते लेकिन जिस पल लोग अपने पूरे अंतस् से माँ के अलावा और कुछ नहीं चाहते, उसी पल वे उन लोगों के समीप आ जाती हैं। अस्तु! वे इसी भाव में विभोर रहने लगे। अपनी मामूली सी संपत्ति का उन्होंने परित्याग कर दिया।

उन्होंने प्रतिज्ञा की कि वे कभी भी अर्थ या धन स्पर्श नहीं करेंगे। 'मैं अर्थ स्पर्श नहीं करूँगा।' यह भावना उनके जीवन का अंग बन गई। बाद के जीवन में जब वे नींद में होते थे और स्वामी जी एक पैसे से उन्हें स्पर्श करते थे तो उनकी देह टेढ़ी हो जाती थी। उनका समूचा शरीर जड़ हो आता था।

उनके मन में और एक भावना जो उदित हुई थी, वह थी कि अन्य शत्रु का नाम है, काम। मनुष्य आत्मा है और आत्मा लिंगहीन है। आत्मा न नारी है, न पुरुष। उनकी राय में काम की धारणा और अर्थ की धारणा दो अलग-अलग चीजें हैं। यही दोनों मातृदर्शन में बाधा दे रही थीं। समस्त विश्व ही माँ का प्रकाश है और वे प्रत्येक नारी के शरीर में निवास करती हैं। प्रत्येक नारी माँ की प्रतिमूर्ति है। मैं कैसे नारी को एकांत यौन-संपर्क के लिए सोच सकता हूँ? यही थी उनकी भावना। हर महिला उनकी माँ है, अपने को वे इसी स्तर पर लाना चाहते थे। जब वे प्रत्येक नारी में मातृ-दर्शन करते थे। जीवन भर वे इसी भावना का पोषण करते रहे।

स्वामी विवेकानंद जी ने रामकृष्ण को देखा था। नारी मात्र में ही मातृभाव के दर्शन करते थे, चाहे वह जिस किसी जाति की जैसी भी नारी हो। इस निरक्षर बैरागी लड़के ने उस जमाने के बड़े-बड़े पंडितों का दिमाग घुमा दिया था। दक्षिणेश्वर के एक पुजारी के हाथों विष्णु-मूर्ति का एक पाँव टूट गया। पंडितों ने आकर, पोथी-पात्रा देखकर राय दी, "इस टूटी मूर्ति की सेवा नहीं चलेगी। नई मूर्ति की प्रतिष्ठा करनी होगी।" अंत में परमहंस महाशय को बुलाया गया। उन्होंने कहा, "पति अगर लँगड़ा हो जाए तो पत्नी क्या उसे त्याग देती है?" इसके बाद पंडित समुदाय की टीक-टिप्पणी नहीं चली। अगर उन लोगों की ही बात चलती तो परमहंस देव पृथ्वी पर क्यों अवतार लेते? विद्या पठन-पाठन, शिक्षा में वे जो नई जीवनी शक्ति लेकर दुनिया में आए थे, वह ज्ञान और शिक्षा में भी संचरित होना अनिवार्य था।

श्रीरामकृष्ण ने एक बार स्वामी विवेकानंद से प्रश्न किया, "मान लो कि किसी कमरे में एक थैली मुहर पड़ी हो और बगल के कमरे में एक चोर मौजूद हो। तुम्हें क्या लगता है, उस चोर को नींद आएगी? उसकी आँखों को नींद नहीं आ सकती। वह हर पल यही सोचता रहेगा कि कैसे उस कमरे में घुसकर वह थैली हथियाई जाए। अगर यह बात सच है, तो जिन लोगों के मन में यह धारणा दृढ़ हो चुकी है कि इन सब आपात् प्रतीयमान वस्तुओं के पीछे कोई सच छिपा हुआ है, ईश्वर नाम का कोई एक मौजूद है, कोई एक अविनश्वर, अनंत-आनंद स्वरूप विद्यमान है, जिस आनंद से तुलना करने पर सभी इंद्रिय-सुख बच्चों का खेल लगे तो क्या वह उसे पाने के

लिए जी-जान से कोशिश नहीं करेगा? तुम क्या सोचते हो? कभी पल भर के लिए भी वह चेष्टा त्याग कर पाएगा? ऐसा कभी नहीं हो सकता। उसे पाने के लोभ में वह उन्मत्त हो उठेगा।"

दिन-पर-दिन, महीने-दर-महीने सत्य-प्राप्ति की अथक कोशिशें जारी रहीं। उन दिनों तरह-तरह के अलौकिक और अद्‌भुत दर्शन होने लगे। उनके सामने स्वरूप रहस्य साफ होने लगा, मानो परदे हटते जा रहे हों। जगन्माता ने खुद ही गुरु बनकर इस बालक को आकांक्षित सत्य-लाभ की साधना में दीक्षित किया। उन्हीं दिनों एक परम सुंदरी, अनुपम विदुषी उस सभा में उपस्थित हुई। बाद में परमहंस कहा करते थे कि विदुषी कहना उन्हें छोटा करना है। मूर्तिमती विद्या मानो सशरीर सामने उपस्थित हो गई।

कुछ दिनों बाद उस वन में अन्य एक परम पंडित और दर्शनशास्त्रविद् संन्यासी का आगमन हुआ। इस अद्‌भुत आदर्शवादी संन्यासी का विश्वास था कि असल में जगत् का कोई अस्तित्व नहीं है। यह प्रमाणित करने के लिए वह गृह में निवास नहीं करते थे। धूप, आँधी, बरसात में भी बाहर ही रहते थे। उन्होंने हमारे साधक को वेदांत शिक्षा देना आरंभ किया लेकिन जल्दी ही वे दंग रह गए। गुरु की तुलना में शिष्य कई विषयों में काफी आगे थे। वे कुछेक महीने वहीं रहे, बालक को संन्यास दीक्षा देकर चले गए। मंदिर के पुरोहित की अभूतपूर्व पूजा-पद्धति देखकर बहुतेरे लोगों को लगा कि उनका दिमाग खराब हो गया है। उनके आत्मीय उन्हें गाँव लिवा ले गए और एक बालिका से उनका विवाह करा दिया। उन लोगों को आशा थी कि विवाहित होकर उनके मन में बदलाव आएगा और उनका दिमाग भी संतुलित होगा लेकिन पुरोहित दोबारा मंदिर में लौट आए। उनका पागलपन मानो और बढ़ गया। अपनी नवविवाहिता वधू को जैसे वे पूरी तरह भूल ही गए। दूर गाँव की कुटीर में बालिका वधू के कानों तक यह खबर पहुँची कि उनका पति पूजा-अर्चना में डूब गया है और बहुत से लोगों का ख्याल है कि वह पागल हो गया है। उन्होंने स्वयं पति की खोज-खबर लेने की कोशिश की और पैदल ही पति के कर्मस्थल दक्षिणेश्वर मंदिर में पहुँचने का अचानक निश्चय किया। पति से पहली भेंट में ही पति ने अपनी जीवनसंगिनी को ग्रहण करना चाहा, हालाँकि भारत में नारी या पुरुष किसी धर्म-साधना का अवलंबन करते ही अन्य सभी पारिवारिक बंधनों से मुक्ति पा जाते हैं।

परमहंस ने पत्नी के पाँवों पर गिरकर कहा, "माँ ने मुझे समझा दिया है कि प्रत्येक नारी में वे विराज करती हैं। मैंने भी प्रत्येक नारी को जननी के तौर पर देखना सीख लिया है। तुम्हें भी मैं इसी रूप में देखना चाहता हूँ लेकिन तुम अगर मुझे खींच लाना

चाहो तो मैं तुम्हारी बात मान लूँगा क्यूंकि मंत्र-साक्षी रखकर मैंने तुमसे विवाह किया है।" विशुद्धमना महीयसी उस महिला ने पति का मनोभाव समझ लिया और उनके प्रति संवेदना जाहिर की। उन्होंने एक पल भी देरी नहीं की। तत्काल उत्तर दिया, "आपको जोर-जबरदस्ती घर-बारी बनाने की मेरी कोई मंशा नहीं है। मैं सिर्फ आपके करीब रहकर आपकी सेवा करना चाहती हूँ। आपसे साधन-भजन सीखना चाहती हूँ।" इस तरह वे अपने पति की एक प्रधान भक्त शिष्या बन गई। उन्हें ईश्वर मानकर उनकी भक्ति-पूजा करने लगीं। इसी तरह पत्नी से अनुमति पाकर उनकी अंतिम बाधा भी दूर हो गई और वे स्वाधीन भाव से अपने मनोनीत पथ पर जीवनयापन करने में समर्थ हो गए। साधना में मग्न होकर पति धीरे-धीरे अपने भाव में संन्यासी हो गए। सहधर्मिणी दूर से ही यथाशक्ति उनका हाथ बँटाती रहीं। बाद में पति जब अध्यात्म-जगत के विराट पुरुष हो उठे, उनकी पत्नी उनके और करीब चली आई। अगर सच पूछें तो वे ही तो उनकी प्रथम शिष्या थीं। अपना बचा-खुचा जीवन उन्होंने पति की दैहिक सेवा में व्यतीत किया। माँ की तलाश में विभोर पति को तो यह सुध भी नहीं रहती थी कि वे जीवित भी हैं या मृत हैं। पति बातें करते-करते कभी-कभी इतने तन्मय हो जाते थे कि धधकते हुए कोयले पर भी बैठ जाते तो उन्हें होश नहीं रहता था। जी हाँ, जलता-धधकता कोयला! वे सर्वदा इसी तरह देहज्ञान-रहित होते थे। इसके बाद उनके अंतस् में प्रबल आकांक्षा जाग उठी कि वे विभिन्न धर्मों की गहराई में छिपे हुए सत्य को जानें। अब तक अपने धर्म के अलावा उन्हें अन्य की जानकारी नहीं थी। अब उनके मन में यह कामना जाग उठी कि वे अन्य धर्मों के स्वरूप की जानकारी भी प्राप्त करें। विभिन्न धार्मिक गुरुओं ने उन्हें जो-जो करने को कहा, उन्होंने वही-वही किया और सभी विषयों में उन्हें एक ही अभिज्ञता लाभ की।

स्वामी विवेकानंद जी के गुरु को अब यह पक्का विश्वास हो गया था कि सिद्धि-लाभ करने के लिए विनम्र होना होगा। बिल्कुल स्त्री-पुरुष भेद ज्ञान वर्जित होना जरूरी है क्यूंकि आत्मा का कोई लिंग नहीं होता, आत्मा न तो पुरुष है, न नारी। लिंग-भेद केवल देह में ही उपस्थित है और जो आत्मा को समझना चाहते हैं, उनमें यह भेद-बुद्धि नहीं चलेगी। पुरुष देहधारी वह इंसान अपने सभी आचरण में स्त्री-भाव लाने की कोशिश करने लगे। वे अपने को नारी समझने लगे। उन्होंने स्त्री की तरह वेश धारण किया, स्त्रियों के ढंग से बातचीत करने लगे। उन्होंने पुरुषों के सारे काम छोड़ दिए और परिवार की गृहिणी की तरह रहने-सहने लगे। इस तरह की साधना करते-करते उनका मन परिवर्तित हो गया। उनका स्त्री-पुरुष-भेद ज्ञान बिल्कुल ही दूर

हो गया साथ ही काम के बीज भी जलकर खाक हो गए। उनके जीवन का नजरिया ही बिल्कुल पलट गया। जिन औरतों को समाज स्पर्श भी नहीं करता ऐसी औरतों के सामने वे हाथ जोड़े खड़े रहते थे। एक बार रोते-रोते उनके पैरों पर गिरकर उन्होंने अर्ध-बेहोशी की हालत में कहा, "माँ, माँ! एक रूप में तुम सड़क पर खड़ी रहती हो अन्य रूप में तुम जगत-स्वरूप हो! मैं तुम्हें बार-बार प्रणाम करता हूँ।"

श्रीरामकृष्ण ने तंत्र-साधना भी की थी, मगर प्राचीन ढंग से नहीं। जहाँ शराब पीने का विधान था वहाँ वे केवल बूँद भर कारण-रस माथे से लगा लेते थे। तंत्र-साधना की राह बेहद फिसलन भरी है। वे रोते-रोते माँ भगवती से प्रार्थना किया करते थे, "माँ बात करने के लिए मेरे पास कोई एक ऐसा इंसान भेज दे जिसके अंतर में काम-कंचन का लेशमात्र भी न हो। दुनियावी लोगों से बात करते-करते मेरी जिह्वा में फफोले पड़ गए हैं।" वे यह भी कहा करते थे, "संसारी और अपवित्र लोगों का स्पर्श मुझसे सहा नहीं जाता।" श्रीरामकृष्ण परमहंस देव की शिक्षा का फल है। वे जिन-जिन इंसानों को समझना चाहते थे, जिनसे वे सीखना चाहते थे उन्हीं के ढंग से खान-पान करते थे, उन्हीं की तरह कपड़े-लत्ते पहनते थे, उनसे दीक्षा ग्रहण करते थे और उन्हीं लोगों की भाषा का उपयोग करते थे।

स्वामी जी एक ऐसे इंसान को जानते थे जिसे लोग पागल कहते थे। वे उत्तर देते थे, "बंधुगण! समस्त जगत ही तो एक पागलखाना है। कोई सांसारिक प्रेम में उन्मत्त है, कोई नाम के लिए पगलाया हुआ है, कोई यश के लिए, कोई धन-दौलत के लिए और कोई स्वर्ग-लाभ के लिए पागल है। इस विराट पागलखाने में मैं भी एक पागल हूँ। मैं भगवान के लिए पागल हूँ। तुम भी पागल, मैं भी पागल! मुझे लगता है कि अंत में मेरा पागलपन ही सबसे ज्यादा खरा है।" श्रीरामकृष्ण ने कभी किसी के विरुद्ध कोई कड़वी बात नहीं कही। उनकी सहिष्णुता ऐसी थी कि सभी संप्रदाय के लोग यह सोचते थे कि वे उन्हीं लोगों के हैं। वे सबको प्यार करते थे। उनकी दृष्टि में सभी धर्म सत्य थे। प्रत्येक धर्म को उन्होंने एक निश्चित स्थान दिया था। वे मुक्त-स्वभाव थे लेकिन सभी के प्रेम में ही उनकी मुक्ति थी, संकट में नहीं। उनका कुछ निजस्व है ऐसा दावा भी उन्होंने कभी नहीं किया। उन्हें नाम-यश की आकांक्षा नहीं थी। जब उनकी उम्र प्रायः चालीस की थी, उस समय उन्होंने प्रचार करना आरंभ किया लेकिन इस प्रचार के लिए वे कभी कहीं बाहर नहीं गए।

भारत के महान अवतार-पुरुषों में एक उन्हीं श्रीरामकृष्ण की अब पूजा की जाती है। उनका जन्मदिन धर्मोत्सव में परिणत हो चुका है। दूसरों के लिए सीमाहीन प्यार

उनकी एक और विशेषता थी। उनके जीवन में कहीं विश्राम नहीं था। 'उन्होंने जीवन का प्रथम अंश धर्म-उपार्जन में और शेष अंश उसे वितरण में व्यय कर दिया।' लोगों की भीड़ उनके उपदेश सुनने आती थी और चौबीस घंटों में बीस घंटे वे उन लोगों से बातें किया करते थे। मनुष्यमात्र के प्रति उनके अंतस् में अगाध प्रेम था। जो लोग उनके कृपा-लाभ के लिए आते थे, ऐसे हजारों लोगों में जो मामूली लोग थे, वे लोग भी उनकी कृपा से वंचित नहीं होते थे।

कालक्रम में उनके गले में एक फोड़ा निकल आया। काफी समझाने-बुझाने के बाद भी उनका बोलना बंद नहीं किया जा सका। जब भी वे सुनते थे कि लोग उन्हें देखने आए हैं, वे उन लोगों को अपने पास आने देने के लिए आग्रह करने लगते थे। लोग जब उनके नजदीक आते थे, वे उनके सभी प्रश्नों का उत्तर देते थे। जब कोई पूछता, "इतने सारे लोगों से बातें करते हुए आपको कष्ट नहीं होता?" वे हँसकर उत्तर देते थे, "क्या? देह का कष्ट? मेरी कितनी ही देह हुई, कितनी देह चली गई। अगर यह देह दूसरों की सेवा में जाए तब तो यह धन्य हो जाएगी। अगर किसी एक व्यक्ति का सच ही उपकार हो जाए तो मैं हजार-हजार देह अर्पित करने को प्रस्तुत हूँ।" एक बार किसी ने उनसे कहा, "महाशय, आप तो बहुत बड़े योगी हैं। अपनी काया पर जरा ध्यान केंद्रित करके अपना रोग ठीक कर लें न!" पहले तो उन्होंने कोई उत्तर नहीं दिया। उस आदमी ने दोबारा यह बात दोहराई। उन्होंने धीमी आवाज में कहा, "मैं तुम्हें ज्ञानी समझता था, लेकिन देख रहा हूँ कि तुम अपरापर संसारी लोगों की तरह ही बात कर रहे हो। मेरा यह मन भगवान के चरण-कमलों में अर्पित हो चुका है। तुम क्या कहते हो, इसे वापस लौटाकर आत्मा के पिंजरे-स्वरूप देह में ठूँस दूँ?" इसी तरह के उपदेश वे सबको देते थे और जब चारों तरफ यह खबर फैल गई कि उनकी मृत्यु करीब है, तब और ज्यादा लोग उन्हें देखने, उनके दर्शनों के लिए आने लगे। अपने स्वास्थ्य की तरफ बूंद भर भी ध्यान न देकर गुरुदेव उन लोगों को उपदेश देने लगे। अनगिनत लोग दूर-दूरांतरों से आते थे और उन लोगों के प्रश्नों का उत्तर दिए बिना उन्हें चौन नहीं आता था। वे कहा करते थे, "जब तक मुझमें बोलने की शक्ति मौजूद है, तब तक उपदेश दिए जाऊँगा।"

श्रीरामकृष्ण जो कहते थे वही करते थे। एक दिन उन्होंने स्वामी जी को संकेत में बताया कि वे उसी दिन देह-त्याग करेंगे और वेद का पवित्रतम मंत्र 'ओउम' रटते-रटते वे महासमाधि में लीन हो गए। वे जिस किसी इंसान के अवचेतन मन की खबर का दस मिनट में ही अनुमान कर लेते थे। उसके बाद उस व्यक्ति के भूत, भविष्य और

शक्ति के बारे में सबकुछ बता देने की क्षमता रखते थे। वे जिस-तिस के हाथ से खाना नहीं खा सकते थे। ऐसी भी अनेक घटनाएँ हुई जब वे किसी-किसी व्यक्ति के हाथों का छुआ भी नहीं खा सकते थे। वह कहा करते थे, "हो रहा है, हो जाएगा, यह सब अकर्मण्यता के भाव हैं।" जिन्हें लोग हेय मानते थे, वे उन लोगों को भी प्रोत्साहित करते थे। उनके जीवन की मति-गति पलट देते थे। शिक्षा देने की उनकी शैली ही अद्‌भुत थी। उन्होंने जगत में किसी का भी भाव नष्ट नहीं किया। महा-अध-पतित इंसान को भी वे अभय देकर, प्रोत्साहित करके उन्हें उठाकर गले लगा लेते थे। स्वामी विवेकानंद जी के प्रभु श्रीरामकृष्ण में कलाकार-सुलभ गुण की विस्मयकारी अभिव्यक्ति थी। उनका कहना था कि इस गुण के बिना कोई भी सच्चे अर्थ में आध्यात्मिक नहीं हो सकता। सीखने को बहुत कुछ है। श्रीरामकृष्ण कहते थे, "जितने दिन जीऊँगा उतने दिन सीखूँगा।" जिस व्यक्ति या समाज के पास सीखने को कुछ नहीं होता, वह मौत के मुँह में जा चुका है। रामकृष्ण परमहंस किसी नए तत्त्व का प्रचार करने नहीं आए थे लेकिन उनके आविर्भाव से ढेरों पुराने सत्य दोबारा प्रकाशित हुए। एक वाक्य में वे भारत के समग्र अतीत चिंतन के मूर्त विग्रह-स्वरूप थे। प्राचीन शास्त्र समूहों के वास्तविक अर्थ, वे सब किस प्रणाली से और किस उद्देश्य से रचे गए, यह स्वामी जी ने उनके जीवन से ही समझा था। उन्होंने अपने समग्र जीवन का कार्य एक ऐसे शहर के करीब रहकर संपन्न किया जो पश्चिमी भाव में उन्मत्त था। पोथी-ज्ञान उन्हें बिल्कुल नहीं था। महान मनीषा संपन्न होते हुए भी वे अपना नाम तक नहीं लिख पाते थे लेकिन हर कोई विश्वविद्यालय के बड़े-बड़े उपाधिकारी तक ने उनके दर्शनों के बाद उन्हें एक महामनीषी मान लिया था।

वह इंसान अद्‌भुत थे। उनमें भारत के ऋषियों की परिपूर्णता विद्यमान थी। वे युगावतार थे और उनकी वाणी समकालीन समय के विशेष कल्याणप्रद थी। उनके पीछे जो ईश्वर की शक्ति अपना खेल खेल रही थी, वह भी गौर करने लायक थे। वह दरिद्र ब्राह्मण की संतान थे। बंगाल के अज्ञान-अपरिचित एक देहात में उनका जन्म हुआ था। श्रीरामकृष्ण परमहंस धर्म की ग्लानि दूर करने के लिए और जगत के कल्याण के लिए ही आए थे। जिस दिन रामकृष्ण ने जन्म लिया उसी दिन से ही आधुनिक भारत की जय-यात्रा स्वर्ण युग का प्रारंभ हुआ। उनमें अनंत ज्ञान, अनंत प्रेम, अनंत भक्ति, अनंत कर्म और अनंत जीवों के प्रति दया थी। समग्र हिंदू जाति युगों-युगों से जो सब चिंतन करती आ रही है, उन्होंने एक ही जीवन में वह सब उपलब्ध कर लिया था। जो लोग रामकृष्ण के पास आते-जाते रहे, वे लोग धर्मानुभूति के पथ पर आगे बढ़ते गए। वे

लोग सभी उनके भक्त थे। श्रीरामकृष्ण कहा करते थे, "अवतार क साथ कल्पांतर के सिद्ध ऋषिगण देह धारण करते हैं और जगत् में उनका आगमन होता है। वे लोग ही भगवान के साक्षात पार्षद हैं। उन्हीं लोगों के द्वारा ही भगवान कार्य करते हैं या जगत में धर्मभाव का प्रचार करते हैं।" जब वे अपने नौजवान संन्यासियों को विशेष उपदेश देते थे तब बहुत बार स्वयं उठकर चारों तरफ खोज-भरी दृष्टि दौड़ा लेते थे कि कहीं कोई गृहस्थ-घरबारी तो वहाँ नहीं है। जब वे निश्चित हो लेते थे कि वहाँ कोई नहीं है या कोई नहीं आया है, तभी वे ज्वलंत भाषा में त्याग-तपस्या का वर्णन करते थे।

कोई भी यह समझ नहीं पाया कि 'रामकृष्ण' के नाम से कौन आया था। यह जो उनके अंतरंग थे, चेले-चपाटे थे, उन लोगों को भी उनका कूल-किनारा नहीं मिला। कुछ ही लोग थोड़ा-बहुत समझ पाए थे। अगर कोई परमहंस को 'अवतार' मानता है तो अच्छी बात है, न माने तो भी उत्तम है। सार-सत्य यह है कि परमहंस देव चरित्र के संदर्भ में प्राचीन हितों से भी ऊपर जाते हैं और शिक्षा के संदर्भ में सबसे अधिक उदार, नूतन और प्रगतिशील हैं। उनकी अब नई शिक्षा थी- योग, भक्ति, ज्ञान और कर्म के उत्कृष्ट भाव एकत्र करके एक नया समाज तैयार करना होगा। रामकृष्ण को समझे बिना वेद, वेदांत, भागवत और पुराण को समझना मुश्किल है। वे वेद-वेदांतों के जीवंत भाष्य स्वरूप थे। रामकृष्ण परमहंस सबसे ज्यादा आधुनिक और सबसे अधिक पुनर्विकसित चरित्र हैं। उन्नीसवीं शताब्दी के अंतिम चरण में विश्वविद्यालय के महत्त्वपूर्ण लोगों ने उन्हें देवता मानकर उनकी पूजा की। रामकृष्ण ने एक बार कहा था कि वे हम सबके बीच दोबारा लौटेंगे। जिन लोगों को उनकी कृपा प्राप्त हुई है, उन लोगों की मन-बुद्धि किसी हाल में भी इस असार संसार में आसक्त नहीं हो सकती।

श्रीरामकृष्ण की जिह्वा से किसी भी संप्रदाय के प्रति निंदासूचक वाक्य निकलें हों, ऐसा कभी नहीं हुआ। सकल संप्रदायों के प्रति ही वे समभाव सहानुभूति संपन्न थे। उन्हें सभी संप्रदायों में सामंजस्य नजर आता था। वे किसी में भी दोष नहीं देखते थे। हर किसी में वे अच्छा और शुभ देखते थे। एक ओर वे परम भक्त थे तो दूसरी तरफ परम ज्ञानी थे। उन्हीं से शिक्षा पाकर स्वामी विवेकानंद जी ने उपनिषद और अन्यान्य शास्त्रों को जानना और समझना सीखा है। उनका जीवन एक असाधारण दीपशिखा थी, जिसके तीव्र रश्मियों के आलोक में लोग हिंदू धर्म के समग्र रूप को समझने में सक्षम हुए हैं। शास्त्रों में जो जब ज्ञान मतवाद के रूप में प्रतिष्ठित हैं, वे उसका मूर्त दृष्टांत थे। वे कुल 51 वर्ष के जीवन में पूरे 5000 वर्ष का आध्यात्मिक अनुभव नए सिरे से संचित कर गए।

रामकृष्ण एक कहानी सुनाया करते थें, कुछ लोग आम के बाग में घूमने गए। बाग में कदम रखते ही उन लोगों को यह हवाला दिया जाने लगा कि आम के कितने पेड़ हैं, किस पेड़ में कितने आम लगे हैं, एक-एक डाल में कितने पत्ते हैं। आमों के रंग, आकार-प्रकार वगैरह के बारे में तरह-तरह के पांडित्यपूर्ण विचार व्यक्त किए जाने लगे। उनमें एक व्यक्ति विलक्षण था। वह इन सबकी परवाह न करते हुए आम तोड़ने लगा और खुशी-खुशी जी भरकर आम खाने लगा।

गुरु या आचार्य वे ही होते हैं जिनके अंदर दैव शक्ति काम करती है। श्रीरामकृष्ण भी एक विशेष शक्तिधर थे और वही शक्ति उनके शिष्यों में मूर्त हो उठी जो आज भी कार्य कर रही है। ज्ञानी लोग जो सब कार्य करते हैं, उससे विश्व का मंगल होता है। वे लोग जो कहते हैं, जो करते हैं, सभी कुछ जगत के मंगल के लिए। किसने सोचा था कि बंगाल के किसी निरे देहात के एक दरिद्र ब्राह्मण का जीवन और उपदेश कुछ ही वर्षों के अंदर दूर देश के लोग भी जान सकेंगे। वे विवाद-भंजक थे। उन्होंने स्त्री-पुरुष का भेद, धनी-निर्धन का भेद, मूर्ख-विद्वान का भेद, ब्राह्मण-चांडाल का भेद, हिंदू-मुसलमान का भेद, ईसाई-हिंदू का भेद आदि को दूर करने का प्रयास किया। रामकृष्ण त्याग की साकार प्रतिमूर्ति थे। हमारे देश में जो लोग संन्यासी होते हैं उन्हें समग्र रूप से अपना धन-ऐश्वर्य, मान-सम्मान त्याग कर देना पड़ता है। स्वामी विवेकानंद के गुरुदेव ने इस आदर्श का अक्षर-अक्षर अपने कार्यों में उतारा था। इस संसार में ऐसे त्याग की बेहद जरूरत थी। किसी भी देश में इस प्रकार के जितने ही लोगों का अभ्युदय होगा वह देश उतना ही अधिक उन्नत होगा।

❑

7
स्वामी विवेकानंदः मठ बरानगर, जप-ध्यान और कठिन समय

स्वामी विवेकानंद जी के गुरुदेव श्रीरामकृष्ण परमहंस का प्रयाण-काल उपस्थित हुआ। सभी ने मिलकर उनकी सेवा की। रामकृष्ण के प्रयाण के बाद स्वामी जी बरानगर मठ में जप-ध्यान किया करते थे। तब सभी भोर तीन बजे उठ जाते थे। शौच आदि के बाद कोई नहाकर, कोई बिना नहाए ही रामकृष्ण के घर में जाकर जप-ध्यान में डूब जाते थे। उन दिनों सबके मन में वैराग्य भाव पूर्णतः जन्म ले चुका था। यह संसार है या नहीं इसकी बिल्कुल सुध ही नहीं रहती थी। शशि चौबीसों घंटे रामकृष्ण की सेवा में ही तल्लीन रहता था। भिक्षा करके वह रामकृष्ण के भोगराम और सबके खाने-पीने का जुगाड़ करता था। ऐसे भी दिन गुजरते थे जब सुबह से लेकर शाम तक जप-ध्यान जारी रहता था। शशि खाना लिए देर-देर तक बैठा रहता। सभी साधु-संन्यासी लोग थे, माँगकर जो मिलता था उसी में उनका गुजारा हो जाता था। बाद में श्री सुरेंद्र नाथ मित्र, रामकृष्ण जिन्हें 'सुरेंदर' कभी 'सुरेश' कहकर पुकारते थे और बलराम बाबू श्री रामकृष्ण के भक्त और सेवक नहीं रहे। अगर वे दोनों होते तो यह मठ देखकर कितने खुश होते! सुरेश बाबू एक तरह से इस मठ के प्रतिष्ठाता थे। वे ही बरानगर मठ के सारे खर्च वहन करते थे। सुरेश मित्र ही सबकी ज्यादा फिक्र करते थे। खर्च के अभाव की वजह से कभी-कभी मठ बंद करने के लिए बहस भी करते थे। किसी-किसी दिन मठ में इतना अभाव हो जाता था कि कुछ भी नहीं होता था। अगर भीख माँगकर चावल आता भी था तो नमक नहीं होता था। किसी-किसी दिन केवल नमक-भात पर गुजारा करना पड़ा, फिर भी किसी को कोई शिकायत नहीं होती थी।

स्वामी जी और मठ के लोगों की यब सब कठोरता देखकर भूत भी भाग खड़ा होता, मनुष्य की तो बात ही क्या! यह बात सत्य है कि किसी के भीतर अगर वस्तु हो तो हालत जितनी भी प्रतिकूल होगी उतनी ही भीतरी शक्ति का उन्मेष होगा। सभी ने गुरु रामकृष्ण का जीवन देखा था इसलिए दुःख-कष्ट की उतनी परवाह नहीं करते थे। रामकृष्ण के देह-त्याग के बाद सभी लोगों ने स्वामी जी और उनके साथियो को

त्याग दिया। उन लोगों ने सभी को गरीब छोकरे मानकर छोड़ दिया। केवल बलराम, सुरेश, मास्टर और चुन्नी बाबू ये लोग ही विपत्ति में साथ रह गए। उसके बाद सभी का कठिन समय आ पहुँचा। स्वामी जी के लिए कैसा दुर्भाग्य था। एक तरफ उनकी माँ और भाई थे और उन दिनों पिता कि मृत्यु के कारण वे सब चरम दारिद्रय में फँसे थे। अधिकतर दिन उन्हें बिना खाए रहना पड़ता था। उन दिनों स्वामी जी के सामने दो-दो दुनिया थीं। एक तरफ माँ-भाइयों के प्रति जिम्मेदारी और दूसरी तरफ गुरुदेव श्रीरामकृष्ण का भारत तथा विश्व कल्याणप्रद भावधारा का प्रचार कार्य। कुछ दिनों तक ऐसा ही द्वंद्व चलता रहा। कभी-कभी लगातार पाँच-छह दिनों तक स्वामी जी प्रार्थना करते रहते। उन दिनों वह भीषण यंत्रणा महसूस किया करते थे। उन्हें सहानुभूति देने वाला भी ऐसा कोई नहीं था। बालक की कल्पना के प्रति भला कौन सहानुभूति जताता। केवल एक श्री माँ शारदा के अलावा किसी को भी उनसे सहानुभूति नहीं हुई। वे श्रीरामकृष्ण की सहधर्मिणी थीं।

सभी संग्राम में कूद पड़े। स्वामी जी मन से यह विश्वास करते थे कि यह भावधारा एक दिन समग्र भारत को युक्तिपरायण कर देगी और यही भावधारा विभिन्न देश और विभिन्न जातियों का कल्याण-साधन करेगी। इसी विश्वास से स्वामी जी के मन में इस स्थिर विश्वास ने जन्म लिया कि इस सपने को नष्ट होने देने के बजाए कुछेक लोगों का दुःख वरण करना बेहतर है। एक माँ और दो भाई अगर मरते हैं तो क्या फर्क पड़ता है? यह भी तो त्याग है। इसलिए त्याग करो। त्याग के बिना दुनिया का कोई कार्य संपन्न नहीं होता।

सभी के दिन इसी तरह से गुजरने लगे। अपने आसपास के सभी लोगों से केवल अपमान और लांछन ही मिला। दर-दर भीख माँगकर अन्न जुटाना पड़ता था। यहाँ-वहाँ से दो-एक रोटी मिल जाती थी। कोई एक पुराना, टूटा-फूटा घर रहने के लिए जुट गया। वहाँ फर्श पर जहरीले साँप रेंगते रहते थे। कम किराए का घर पाकर सब उसी में रहने लगे। इसी तरह कई साल गुजर गए। इस दौरान समस्त भारत का पर्यटन कर डाला। धीरे-धीरे श्रीरामकृष्ण के भावधारा के प्रचार करने के लिए प्रयासरत रहे। दस वर्ष गुजर गए। स्वामी जी को कोई आलोक-रेखा नजर नहीं आई। बार-बार हताशा दरवाजा खटखटाती रही। जीवन में जिसे अपनी राह खुद बनानी पड़ती है वह जरा रूखा ही होता है। वे सभी उसी तरह के जीव थे। कहीं कोई समझौता नहीं, यही उनका मूलमंत्र और आदर्श था। अगर कोई सच ही दूसरों की मंगल कामना करता है तो चाहे दुनिया उसके विरुद्ध खड़ी हो जाए उसका कुछ नहीं बिगाड़ सकती। आपकी

ताकत के सामने लोग परास्त होकर ही रहेंगे। अगर कोई मन से और पूरी सच्चाई से निःस्वार्थी हो तो स्वयं ईश्वर की समूची शक्ति उसमें जागृत रहकर समस्त बाधा-विपत्ति को चूर-चूर कर देती है।

पूरे दस वर्ष बिना किसी आशा, बिना किसी रोशनी के ही गुजर गए। इसी बीच स्वामी जी का स्वास्थ्य भी गिरने लगा। भिखारी को अच्छा आहार भला कौन देता। भारत में रोटी में खमीर नहीं मिलाते। कभी-कभी बिना खमीर की यह रोटी बीस-तीस दिनों तक रख छोड़ते हैं। वह रोटी ईंट से भी ज्यादा सख्त हो जाती है। भिखारियों को वही रोटी पकड़ा दी जाती है। एक जून के आहार के लिए स्वामी जी को दर-दर भटकना पड़ता था। जिस इंसान में इस तरह की धुन होती है, उसके सारे काम हो जाते हैं। हाँ, किसी-किसी काम में जरा देर हो जाती है लेकिन काम पूरा होता ही है। उन सभी में उस तरह की जिद थी इसलिए थोड़ा-बहुत कुछ-कुछ होता रहा। एक बार तो भूखे पेट रहने की वजह से रास्ते पर ही सिर चकराने लगा और एक घर के दरवाजे पर ही बेहोश होकर गिर पड़े। स्वामी जी के साथ ऐसा बहुत बार हुआ।

श्रीरामकृष्ण उस्ताद माली थे इसीलिए तरह-तरह के फूलों से संघ रूपी गुलदस्ते को सजा गए थे। वह कहा करते थे, "जिसने एक दिन भी ईश्वर को अकपट-निश्छल मन से याद किया, उसे यहाँ आना ही होगा।" यहाँ जो लोग रहते थे, सब एक-एक महासिंह थे। जो लोग मेरे पास सिमटे रहते हैं, उन सबको तुम मामूली इंसान मत समझना। यह लोग जब बाहर निकलेंगे तब इन्हें देखकर लोग चौतन्य होंगे। ये लोग धर्म-शक्ति के एक-एक केंद्र जैसे हैं। समय आने पर उनमें भी शक्ति का विकास होगा। अगर स्वामी विवेकानंद जी गृह-त्याग नहीं करते तो उनके गुरु श्रीरामकृष्ण जिस विराट सत्य के प्रचार के लिए इस संसार में अवतरित हुए थे, वह प्रकाशित नहीं हो पाता।

❑

8
स्वामी जी का भारत भ्रमण

स्वामी विवेकानंद जी एक बार अपने साथियो के साथ हिमालय प्रदेश की यात्रा कर रहे थे। उनके सामने सुदीर्घ पथ था। वह सब धनहीन संन्यासी। उन्हें लादकर कौन ले जाता? इसलिए पैदल ही सभी को पूरी यात्रा तय करनी पड़ी। उनके साथ एक वृद्ध साधु भी थे। कई सौ मील चढ़ाई-उतराई की राह अभी भी बाकी थी। यह देखकर बूढ़े साधु ने कहा, "मैं इतनी लम्बी राह को कैसे पार करूँगा? मुझसे अब चला नहीं जा रहा है। मेरी हालत खराब हो जाएगी।" स्वामी जी ने उनसे कहा, "आप अपने पैरों की तरफ देखिए।" साधु ने अपने पैरों पर नजर डाली। स्वामी जी ने फिर कहा, "आपके पैरों तले जो पथ पड़ा हुआ है, वह आप ही पार करके आए हैं। सामने जो पथ है, वह भी वही पथ है। जल्दी ही वह पथ भी आपके पैरों तले होगा।" उच्चतम वस्तु तुम्हारे पैरों तले होती है क्यूंकि तुम सब दिव्य नक्षत्र हो। अगर तुम चाहो तो ये नक्षत्र अपनी मुट्ठी में कसकर निगल भी सकते हो। तुम्हारे यथार्थ स्वरूप में शक्ति है। बलशाली बनो, समस्त कु-संस्कारों के ऊपर उठो और मुक्त हो जाओ। मैं बार-बार मृत्यु के शिकंजे में फँसता रहा हूँ। कितनी ही बार दिन-पर-दिन अनाहार में बिता दिए। कितनी ही बार पैरों में भीषण घाव हो गए, चलने में असमर्थ हो गया। थका-हारा किसी पेड़ तले पड़ा रहा और लगा कि जीवन-लीला यहीं समाप्त हो जाएगी। उस समय मुझसे बोला तक नहीं जाता था। अपनी शक्ति विस्तार करो, उठो और चलो, रुको मत। यह मंत्र जपते-जपते उन्होंने नया जीवन लाभ किया। जब भी अँधेरा घिर आए, तब अपना स्वरूप प्रकाशित करो। देखोगे, समस्त विरुद्ध शक्तियाँ विलीन हो जाएँगी।

एक बार स्वामी जी काशी की किसी सड़क से होकर जा रहे थे। उस सड़क के एक तरफ विशाल जलाशय था और दूसरी तरफ ऊँची दीवार। जमीन पर ढेरों बंदर थे। काशी के बंदर दीर्घकाय और बहुत बार अशिष्ट होते हैं। बंदरों के दिमाग में

अचानक धुन चढ़ी कि वे स्वामी जी को उस रास्ते से नहीं जाने देंगे। वे सब भयंकर चीखने-चिल्लाने लगे। स्वामी जी ने दौड़ लगा दी लेकिन जितना-जितना वह दौड़ते गए, उतना ही वे सभी बंदर उनके और करीब जाकर उन्हें काटने लगे। उनका बंदरों के पंजों से बचना असंभव हो गया। ऐसे में अचानक किसी अपरिचित ने उन्हें आवाज देकर कहा, "बंदरों का मुकाबला करो।" स्वामी जी ने जैसे ही पलटकर उन बंदरों को घूरकर देखा, वे सब पीछे हट गए और भाग खड़े हुए। अतः देखा जाए तो स्वामी जी के समस्त जीवन से हमें यही शिक्षा प्राप्त होती है कि जो कुछ भी भयानक है उसका मुकाबला करना है, साहस के साथ उसे रोकना है। वास्तव में दुःख एवं कष्ट से डरकर भागने की बजाए उसका मुकाबला करना चाहिए। फिर बंदरों की तरह वे सब भी पीछे हट जाएँगे।

एक बार स्वामी जी ने भारत महासागर के उपकूल स्थित पश्चिम भारत के मरुखंड का भ्रमण किया था। काफी दिनों तक वह पैदल-पैदल ही उस मरुभूमि में भ्रमण करते रहे लेकिन प्रतिदिन उन्हें यह देखकर आश्चर्य होता था कि चारों तरफ सुंदर-सुंदर झीलें हैं। उन झीलों के चारों तरफ वृक्षराजि विराजमान है और उनके जल में वृक्ष समूहों की छाया काँप रही है। स्वामी जी कह उठते थे, कैसा अद्भुत दृश्य है। लोग इसे मरुभूमि कहते हैं। महीने भर वह उन वृक्ष-राशि और तालाब-पोखरों को निहारते हुए घूमते रहे। एक दिन उन्हें बेहद प्यास लग आई और पानी पीने का मन हुआ। वह उन सुंदर निर्मल झीलों के समूह में से एक झील की ओर बढ़े। आगे बढ़ते ही वह तालाब अचानक अदृश्य हो गया। उस समय उनके मन में इस ज्ञान का उदय हुआ कि मरीचिका के बारे में जीवन भर जो किताबें मैं पढ़ता आया हूँ, यह वही मरीचिका है। साथ ही उन्हें यह आभास भी हुआ कि पूरे महीने मरीचिका देखते हुए ही भटकता रहा लेकिन मैं यह नहीं जानता था कि यही मरीचिका है। उसके अगले दिन स्वामी जी ने दोबारा चलना शुरू किया। पहले की तरह ही दोबारा झीलें नजर आने लगीं लेकिन साथ ही यह आभास भी होता रहा कि यह मृगतृष्णा है- सचमुच की झील नहीं है। इस जगत् के संदर्भ में भी यही कथा है। हम सब भी प्रतिदिन, प्रतिमास, प्रतिवर्ष जगत-रूपी मरुभूमि में भ्रमण कर रहे हैं लेकिन मरीचिका को मरीचिका समझ नहीं पाते। किसी दिन यह मरीचिका गायब हो जाएगी लेकिन वह दोबारा नजर आएगी।

एक दिन स्वामी विवेकानंद जी पैदल आगरा से वृंदावन की ओर जा रहे थे। उनके पास में एक कानी कौड़ी भी नहीं थी। वृंदावन पहुँचने में प्रायः एक कोस से भी ज्यादा की दूरी थी। सड़क के किनारे एक आदमी बैठा तम्बाकू पी रहा था। उसे देखकर

स्वामी जी के मन में भी तम्बाकू पीने की चाह जाग उठी। स्वामी जी ने उस आदमी से कहा, "क्यों भाई, चिलम जरा मुझे भी देगा?" वह आदमी अचकचा गया। उसने कहा, "महाराज, हम मेहतर हैं।" यह सुनकर स्वामी जी पीछे हट गए और तम्बाकू पिए बिना ही दोबारा चल पड़े। कुछ ही दूर जाकर उन्हें ख्याल आया कि सच ही तो संन्यास लिया है, जाति कुल-मान सब छोड़ चुका हूँ। फिर भी जैसे ही उस आदमी ने अपने को मेहतर बताया, मैंने पैर पीछे हटा लिए। उसका छुआ हुआ तम्बाकू मैं नहीं पी सका। यह ख्याल आते ही वह बेचैन हो उठे। उस वक्त वह एक फर्लांग रास्ता तय कर चुके थे। वह उल्टे पाँव दोबारा उस मेहतर के पास पहुँचे। वह अभी भी वहीं बैठा हुआ था। स्वामी जी ने जाते ही कहा, "मेरे बाप, एक चिलम तम्बाकू भर ला।" स्वामी जी ने उसकी आपत्ति पर ध्यान दिया। उन्होंने कहा, "तम्बाकू भरा चिलम तुझे देना ही होगा।" बेचारा क्या करता, अंत में वह चिलम भर लाया। स्वामी जी ने आनंद के साथ धूम्रपान किया और वृंदावन आ पहुँचे।

जब स्वामी जी जयपुर में थे, वहाँ उनकी मुलाकात एक व्याकरण के अनुभवी अध्यापक से हुई। उनके मन में इच्छा जागी कि वह उनसे व्याकरण पढ़ें। व्याकरण के महापंडित होने के बावजूद उनमें अध्यापन की उतनी क्षमता नहीं थी। स्वामी जी को वे प्रथम सूत्र का भाष्य तीन दिनों तक समझाते रहे। इसके बावजूद वह उनके द्वारा दिया हुआ पाठ बूँद भर भी नहीं समझ पाए। चौथे दिन अध्यापक महाशय ने झुँझलाकर कहा, "स्वामी जी, तीन दिनों में भी मैं आपको प्रथम सूत्र का मर्म तक नहीं समझा सका। लगता है मेरा अध्यापन आपके लिए व्यर्थ है!" यह बात सुनकर स्वामी जी के मन में निंदनीय भाव की उत्पत्ति जाग उठी। उन्होंने बेहद दृढ़संकल्प होकर प्रथम सूत्र का भाष्य अपने आप पढ़ डाला। अध्यापक के पास जाकर स्वामी जी ने उन्हें समस्त व्याख्या बातों-ही-बातों में उन्हें बता दी। यह सब सुनकर अध्यापक ने पूछा, "जो व्याख्या मैं तीन दिनों में नहीं समझा सका, आपने कुल तीन घंटों में उसकी ऐसी सुंदर व्याख्या कैसे कर दी?" स्वामी जी बहते पानी की तरह अध्याय पर अध्याय पढ़ते चले गए।

एक बार स्वामी विवेकानंद जी ने हिमालय भ्रमण करते-करते एक रात किसी पहाड़ी गाँव में आश्रय लिया था। शाम ढलने के कुछ देर बाद उस गाँव में ढोल-मजीरों की जोरदार थाप सुनकर स्वामी जी ने मकान मालिक से पूछा। उन्हीं की जुबानी स्वामी जी ने सुना था कि गाँव में किसी आदमी पर देवता का असर हुआ था। स्वामी जी वह दृश्य देखने चल पड़े। वहाँ जाकर उन्होंने बहुत से लोगों का जमावड़ा देखा। मकान मालिक ने झौवा भर लंबे बालों वाले एक व्यक्ति को दिखाकर कहा कि उस पर ही

देवता का असर हुआ है। स्वामी जी ने देखा उसके करीब ही एक कुठार आग में तपाया जा रहा था। कुछ देर बाद ही स्वामी जी ने देखा उस धधकते कुठार से उस आदमी की देह जो जगह-जगह यहाँ तक कि बालों को भी दाग दिया गया लेकिन हैरानी की बात यह थी कि उस कुठार के स्पर्श से उसका कोई अंग या बाल जला नहीं। उसके चेहरे पर किसी भी तरह की पीड़ा नजर नहीं आई। वह दृश्य देखकर स्वामी जी चकित रह गए। इस बीच गाँव का मुखिया स्वामी जी के पास आया और उसने हाथ जोड़कर कहा, "महाराज, आप दया करके इसका भूत छुड़ा दें।" सभी लोगों के अनुरोध से स्वामी जी को उस आदमी के पास जाना ही पड़ा। वहाँ पहुँचकर पहले उन्हें उसके कुठार की जाँच करने का मन हुआ। जैसे ही उन्होंने उसे छुआ, उनका हाथ जल गया। उस वक्त वह कुठार कुछ काला भी पड़ गया था। गारे जलन के वह बेचैन हो उठे। जलन से व्याकुल होने के बावजूद उन्होंने उस आदमी के सिर पर हाथ रखकर कुछ मंत्र पढ़े और दस-बारह मिनट के अंदर वह आदमी ठीक हो गया।

यह देखकर गाँव वालों ने स्वामी जी को कोई पहुँचा हुआ महात्मा समझ लिया। स्वामी जी को यह सारा मामला कुछ समझ नहीं आया और वह अपने आश्रयदाता के साथ उनके कुटीर में लौट आए। उस वक्त रात के बारह बज चुके थे। हाथ में जलन और वह रहस्य-भेद न कर पाने की बौखलाहट के मारे उन्हें नींद नहीं आई। धधकते हुए कुठार से भी आदमी की देह नहीं जली, यह देखकर स्वामी जी को बार-बार यही ख्याल आता रहा। स्वर्ग और पृथ्वी में ऐसे अनेक तथ्य हैं जिनकी दर्शन-शास्त्र में या कहीं और कल्पना भी नहीं की जा सकती।

उन दिनों स्वामी जी हिमालय पर कठोर तपस्या में तल्लीन थे। अधिकतर वह ध्यान-जप में डूबे रहते थे। भूख लगती थी तो दर-दर भीख माँगकर जो भी जुटता था, उसी से वह अपना पेट भर लेते थे लेकिन अधिकतर समय जो मिलता था, उससे भेट भी नहीं भरता था और न ही मन भरता था। एक दिन स्वामी जी को लगा, धिक्कार है! ऐसा जीवन। इस पहाड़ी के गरीब लोगों को खुद ही भर पेट आहार नहीं मिलता, अपने नन्हें-नन्हें बच्चों और परिवार वालों के मुँह में दो मुट्ठी अन्न तक नहीं डाल पाते लेकिन इसके बावजूद वे लोग अपने हिस्से के आहार में से बचाकर कुछ-न-कुछ मेरे लिए छोड़ देते हैं। इस तरह जीने से भला क्या फायदा? इससे तो बेहतर कि भूखा रहकर ही देह त्याग दूँ। जैसे ही उनके मन में यह ख्याल आया, बस उसी दिन से उन्होंने मधुकरी के लिए जाना छोड़ दिया। इस तरह लगातार दो-दो दिन बिना खाए ही गुजर गए। जब उन्हें प्यास लगती थी तो अंजुरी भर झरने का पानी पी लेते थे।

तीन दिनों बाद वह एक घने जंगल में जाकर एक चट्टान पर बैठकर ध्यान करने लगे। उनकी आँखें खुली हुई थी। अचानक उनका तन-बदन जाने क्यों काँप उठा। उन्होंने देखा, डोरिया निशानवाला एक भारी-भरकम बाघ उनकी तरफ ललचाई आँखों से घूर रहा है। उन्होंने सोचा, चलो इतने दिनों बाद मैं खुद भी जरा चौन पाऊँगा और इस बाघ का भी पेट भर जाएगा। आँखें मूँदकर वह बाघ के हमले की प्रतीक्षा करने लगे और मन-ही-मन यह भी सोचते रहे कि बाघ हमला करने में देर क्यों कर रहा है। कुछ देर बाद स्वामी जी को समझ आ गया कि गुरुदेव उनसे ढेरों काम करवाना चाहते हैं इसलिए वो उनकी रक्षा कर रहे हैं।

❑

9

स्वामी जी की विदेश यात्रा

स्वामी विवेकानंद जी का बंबई (अब मुंबई) से अमेरिका के लिए रवाना होने का सारा बंदोबस्त पक्का हो गया। खेतड़ी महाराजा के प्राइवेट सेक्रेटरी उन्हें जहाज में चढ़ाने के लिए आए थे। बंबई से रवाना होने के बाद हफ्ते भर के अंदर वह कोलंबो पहुँच गए। जहाज प्राय: दिन भर बंदरगाह पर ही लगा रहा। मौका देखकर स्वामी जी जहाज से उतरकर शहर देखने निकल पड़े। उन्होंने एक गाड़ी ली और कोलंबो की सड़क पर घूमने लगे। वहाँ पर एक बुद्ध भगवान का मंदिर था। बाद में उनका जहाज पिनांग के तट पर लगा। वह जगह मलय उपद्वीप में समुद्र पर स्थित एक छोटा सा भूमिखंड है। पिनांग से वह सिंगापुर रवाना हो गए। रास्ते में उन्हें दूर से ही उच्चशैल समन्वित सुमात्रा के भी दर्शन हुए। जहाज के कप्तान ने उन्हें प्राचीन काल के जल-दस्यु के कई अड्डों की ओर उँगली से इशारा करके दिखाया।

सिंगापुर से स्वामी जी हांगकांग आ गए थे। हांगकांग में वह तीन दिन रुके थे। वहाँ से वह कैंटन देखने गए। हांगकांग से एक नदी के साथ-साथ 80 मील तक का सफर तय करके वह कैंटन पहुँच गए। वहाँ उन्हें स्फूर्ति और कर्मव्यस्तता की मिली-जुली हलचल देखने को मिली। नौकाओं की कैसी भीड़, पानी मानो चारों तरफ छाया हुआ था। ये नौकाएं सिर्फ माल या यात्रियों को ले जाने के लिए नहीं होती, हजारों नावें रहनेवाले घर की तरह होती थीं। उनमें से ढेरों नावें बेहद खूबसूरत और विशाल थीं। सच तो यह था कि वे सब नावें दो मंजिला और तीन मंजिला घर जैसी होती थीं। घरों के चारों तरफ बरामदे, बीच में सड़कें और सभी पानी में तैरती हुई। स्वामी जी जहाँ उतरे वह छोटी-सी जगह चीन सरकार ने विदेशियों को रहने के लिए प्रदान की थी। उसके चारों तरफ नदी के दोनों किनारे-किनारे, मीलों तक यह विशाल शहर बसा हुआ था। वहाँ अनगिनत लोग निवास करते थे। जीवन संग्राम में एक-दूसरे को गिराते हुए, स्वयं को आगे बढ़ाते हुए, जी-जान लगाकर जीवन-संग्राम में विजेता

बनने की कोशिश करते हुए। वहाँ आदिवासियों की संख्या चाहे जितनी भी हो, वहाँ कर्म-प्रवणता चाहे जितनी भी हो लेकिन उस जगह जैसा गंदा शहर स्वामी जी ने नहीं देखा था। वह कई चीनी मंदिर भी देखने गए। कैंटन में जो सबसे विशाल बौद्ध मंदिर था वह प्रथम बौद्ध सम्राट और सर्वप्रथम 500 बौद्ध अनुयायियों की स्मृति में समर्पित है। उनके नीचे ही सम्राट आसीन थे और द्वार पर शिष्यों की मूर्ति और सभी मूर्तियों पर काठ की खूबसूरत खुदाई थी। कैंटन भ्रमण के बाद स्वामी जी हांगकांग लौट आए। वहाँ से वह जापान पहुँचे। नागासाकी बंदरगाह पर उनका जहाज कुछ देर के लिए रुका। वह जहाज से उतरकर गाड़ी में शहर घूम निकल गए। चीन से वह खास मामले में अलग था। पृथ्वी पर जितनी भी साफ-सुथरी जातियाँ हैं, जापानी उनमें अन्यतम हैं। सब कुछ एकदम साफ-सुथरा और सभी रास्ते चौड़े, समानांतर और पक्के। नागासाकी से स्वामी जी कोबी पहुँच गए। कोबी पहुँचकर उन्होंने जहाज छोड़ दिया और सड़क मार्ग से योकोहामा चले गए।

स्वामी जी वैंकूवर पहुँच गए। उन्हें प्रशांत महासागर के उत्तरांश से जाना पड़ा। उन दिनों कड़ाके की सर्दी थी। गरम कपड़ों के अभाव में उन्हें काफी तकलीफ झेलनी पड़ी। बहरहाल किसी तरह वह वैंकूवर पहुँचकर वहाँ से कनाडा होते हुए शिकागो पहुँच गए। वहाँ वह करीब बारह दिनों तक रुके रहे। यहाँ अक्सर प्रतिदिन ही वह मेला देखने निकल जाते थे। मेला काफी बड़ा होता था। वहाँ स्वामी जी का काफी खर्च हुआ। यहाँ आने से पहले उन्होंने जिन सब धन-ऐश्वर्य का सपना देखा था वह टूट गया। उन्हें लगता था कि वह यह देश छोड़कर चले जाएं लेकिन अगले ही पल उन्हें ख्याल आया कि मैं अक्खड़ जीव हूँ और मुझे भगवान से आदेश मिला है। मैं जीऊँ या मरूँ लेकिन अपना उद्देश्य नहीं छोड़ूँगा। प्रभु ईसा ही मेरी मदद करेंगे। वहाँ एक बड़ी मजेदार बात हुई। वहाँ कपूरथला के राजा साहब आए हुए थे। शिकागो समाज के एक हिस्से ने उन्हें काफी गण्यमान बना रखा था। मेले में राजा साहब से स्वामी जी की मुलाकात हुई लेकिन वे ठहरे बड़े आदमी, उन जैसे फकीर से वे क्यों बात करते? स्वामी जी को मेले में एक पागल-सा धोतीधारी, एक मराठा ब्राह्मण नजर आया। वह मेले में कागज पर नाखून से बनाई हुई तस्वीरें बेच रहा था। वह आदमी अखबारों के रिपोर्टर से उस राजा के खिलाफ तरह-तरह की बातें कर रहा था। वह बता रहा था कि यह आदमी बेहद नीच जाति का है। ये राजे-महाराजे क्रीतदासों जैसे होते हैं। स्वामी जी से उस आदमी ने ऐसी-ऐसी बातें कहलवाई जो उन्होंने कभी सपने में भी नहीं सोची थीं। उसके बाद राजा साहब के बारे में उस मराठा ब्राह्मण ने जो-जो कहा था वह सब

स्वामी जी की जुबान पर बैठ गया। बस इतने से ही शिकागो समाज को ऐसा धक्का लगा कि सबने फटाफट राजा साहब का परित्याग कर दिया।

अमेरिका में जेल को कारागार नहीं कहते संशोधनागार कहते हैं। वहाँ कारागारवासियों से सहृदय बर्ताव किया जाता है, उनका चरित्र संशोधित होता है। औरतें जब अपने समाज में दोबारा जाती हैं तो समाज के अनिवार्य अंग के रूप में परिणत हो जाती हैं। अमेरिका में स्वामी जी ने जो-जो देखा उन सबमें वह एक विचित्र घटना थी। यह सब देखकर जब उन्हें अपने देश का ख्याल आया तो वह बेचैन हो उठे। क्यूंकि भारत में गरीबों, मामूली लोगों, पतितों को क्या समझते हैं? उन लोगों के पास कोई उपाय नहीं है, उनके लिए फरार होने की कोई राह नहीं है, ऊपर उठने का कोई मौका नहीं है। भारत के दरिद्र, भारत के पतित, भारत के पापी जीवों का कोई सहायक, कोई मित्र नहीं है। वह चाहें जितनी भी कोशिश करें, उनके लिए उठ खड़े होने का कोई उपाय नहीं है। वे लोग दिनोंदिन डूबते जा रहे हैं। राक्षसों की तरह नृशंस समाज उन पर लगातार चोट करता जाता है। वे लोग भी इंसान हैं, यह बात वे लोग भूल गए हैं। उन लोगों की धारणा है कि दुनिया में इस महानतम धर्म का विनाश ही समाज की उन्नति का एकमात्र उपाय है।

स्वामी जी ने प्रभु-कृपा से उसका रहस्य आविष्कार कर लिया था। इसमें हिंदू धर्म का कोई दोष नहीं है। हिंदू धर्म तो यह सिखाता है कि जगत में जितने भी प्राणी हैं सब तुम्हारी ही आत्मा के बहुरूप मात्र हैं। समाज की हीन अवस्था का एकमात्र कारण यही है कि इस तत्त्व को कार्यरूप नहीं दिया गया। प्रभु तुम लोगों के पास बुद्ध रूप में आए और उन्होंने सीख दी कि तुम लोग गरीबों के लिए, दीन-दुखियों के लिए, पापियों के लिए आँसू बहाओ, उन लोगों से सहानुभूति रखो लेकिन लोगों ने उनकी सीख पर ध्यान नहीं दिया। एक दिन शाम को पांडिचेरी (पुदुचेरी) में स्वामी जी की एक पंडित के साथ समुद्र यात्रा के बारे में बहस होने लगी। वे लोग नहीं जानते थे कि भारत दुनिया का एक अति क्षुद्र हिस्सा है। समाज की यह हालत धर्म को नष्ट करके खत्म नहीं की जा सकती बल्कि हिंदू धर्म के महान उपदेशों का अनुसरण करके ही यह दशा सुधारी जा सकती है।

कनाडा को छोड़कर समग्र अमेरिका में रेलगाड़ी में अलग-अलग क्लास नहीं होती। इसलिए स्वामी जी को फर्स्ट क्लास में सफर करना पड़ा। वहाँ के रेल के डिब्बे काफी आरामदेह होते हैं। वहाँ के समाज में घुसकर उन लोगों को शिक्षा देना कठिन काम था। खासकर उन दिनों जब शहर में कोई भी नहीं था। सभी लोग गरमी की छुट्टियों में

बाहर गए हुए थे। ठंड पड़ते ही वे लोग दोबारा शहर लौट आए। तब जाकर वे स्वामी जी से मिले। इतिहास में स्वामी विवेकानंद जी पहले हिंदू संन्यासी थे जो समुद्र पार करके पश्चिमी देश आए थे। जब वह महज एक दरिद्र, अपरिचित संन्यासी मात्र थे, जब एक भी बंधु नहीं था तब सात समुंद्र तेरह नदी पार करके वह अमेरिका गए थे। कई दोस्तों की मदद से स्वामी जी मद्रास से अमेरिका पहुँचे थे। धर्म संसद शुरू होने से कई महीने पहले वह अमेरिका आ गए थे। बहुत कम रूपए थे उनके पास और वह भी धर्म महासभा शुरू होने से पहले सारे खर्च हो गए थे। उधर ठंड का मौसम भी आ पहुँचा था। स्वामी जी के पास जो पतली पोशाक थी, वह तो गरमी में पहनने लायक थी। एक दिन उनके हाथ ठंड से बेजान हो गए। ऐसे शीत प्रधान देश में वह क्या करें उन्हें समझ में नहीं आया क्यूंकि अगर वह सड़क पर निकलकर भीख माँगते तो उन्हें जेल भेज दिया जाता। उन दिनों आखिरी सहारे के तौर पर उनके पास बस चंद डॉलर थे। उन्होंने मद्रास अपने दोस्तों को तार भेजा। थिओसोफिस्ट लोगों को जब यह जानकारी मिली तो उन्हीं में से किसी एक ने लिखा, 'यह शैतान जल्दी ही मरेगा'।

स्वामी जी जब पहली बार अमेरिका गए तब एक दिन वह शिकागो के एक मेले में घूम रहे थे। पीछे से एक आदमी ने उनकी पगड़ी पकड़कर खींच दी। उन्होंने मुड़कर देखा, वह आदमी कपड़े-लत्ते से खासा साफ-सुथरा नजर आया, शक्ल-सूरत से भी काफी सज्जन दिखा। स्वामी जी ने उससे दो-एक बातें की। स्वामी जी अंग्रेजी जानते हैं, यह समझ में आते ही वह बेहद शर्मिंदा हो गया। इसी मेले में एक बार किसी ने स्वामी जी को जान-बूझकर धक्का दे दिया था। ऐसे बर्ताव की वजह पूछने पर वह भी शर्मिंदा हो गया। अंत में उसने हकलाते-हकलाते स्वामी जी से क्षमा-याचना करते हुए पूछा, "आपने ऐसी पोशाक क्यूं पहन रखी है?" ऐसे सब व्यक्तियों की सहानुभूति उन लोगों की मातृभाषा और अपने पहनावे के दायरे में ही सीमाबद्ध रहती है। दुर्बल जातियों पर सबल जातियाँ जो सब अत्याचार करती हैं, उन सबकी अधिकांश वजह इसी कु-संस्कार से उत्पन्न है। इसके द्वारा इंसान के प्रति इंसान का सौहार्द नष्ट हो जाता है। जिस व्यक्ति ने स्वामी से पूछा कि उन्होंने उनकी तरह की पोशाक क्यूं नहीं पहनी और उनकी वेशभूषा की वजह से उन्होंने स्वामी जी से बदतमीजी करने की कोशिश की थी, मुमकिन है वे बेहद भले आदमी थे।

स्वामी जी अपरिचित व्यक्ति के तौर पर बोस्टन पहुँच गए। उनके बदन पर लाल कोट, सिर पर पगड़ी थी। उस शहर के एक व्यस्त क्षेत्र की एक व्यस्त सड़क पर वह चले जा रहे थे। उन्होंने गौर किया कुछ अधेड़ लोग और कई छोकरे उनके पीछे-पीछे

आ रहे हैं। स्वामी जी ने अपनी चाल तेज कर दी, उन लोगों ने भी अपनी गति तेज कर दी। तभी कोई चीज स्वामी जी के कंधे पर आ पड़ी। उन्होंने दौड़ना शुरू कर दिया और वह एक गली के किसी कोने में जा पहुँचे। तभी उनके सामने से ही वे लोग उनसे कतराकर आगे दौड़ गए और वह बच गए। स्वामी जी एक ऐसे संप्रदाय से जुड़े हुए थे जहाँ अपने पहनावे के प्रति उदासीन होकर घूमना-फिरना पड़ता था। भिक्षा में मिले अन्न पर गुजारा करना पड़ता था। जनसाधारण जब चाहते थे तो धर्म-कथा सुनानी पड़ती थी। जहाँ कहीं आश्रय मिलता वहीं सो जाते थे। उन्हें इसी तरह की जीवन-पद्धति का अनुसरण करना पड़ता था। उनके संन्यासी संप्रदाय का नियम ही यही था कि प्रत्येक महिला को, यहाँ तक कि छोटी बच्ची को भी माँ संबोंधित करना है। अतः विदेश में जाकर भी स्वामी जी अपनी पुरानी आदत नहीं छोड़ पाए।

❑

10

शिकागो धर्म सम्मेलनः स्वामी विवेकानंद

आखिरकार, धर्म सम्मेलन में स्वामी जी बिल्कुल अंतिम समय पर बिना किसी तैयारी के पहुँच ही गए। महासभा में लगभग हर दिन स्वामी जी को व्याख्यान देना पड़ा। वहाँ दुनिया भर के विशिष्ट वक्ता और चिंतक व्यक्ति उपस्थित थे। उन लोगों के सामने खड़े होने और व्याख्यान देने में स्वामी जो को डर लग रहा था। प्रभु ने उन्हें शक्ति दी और प्रतिदिन वह किसी वीर की तरह सभाकक्ष में श्रोताओं के आमने-सामने रहे। प्रो. ब्रैडली ने उनके प्रति दया व्यक्त की और हमेशा उन्हें प्रोत्साहित किया। उन दिनों स्वामी जी अमेरिका के विभिन्न स्थानों में व्याख्यान दे रहें थे। प्रति व्याख्यान के लिए उन्हें 30 से 80 डॉलर प्राप्त हो रहे थे। धर्म महासभा के कारण शिकागो में स्वामी जी का नाम इस ढंग से फैल गया कि जिससे उन्हें उस क्षेत्र का त्याग करना सही नहीं लगा। वहाँ उनका काम ठीक-ठाक चल रहा था और सभी लोग उनके प्रति बेहद सहृदय थे। विभिन्न देशों से बहुत सारे लोग बहुत सारी योजनाएँ, विचार और आदर्शों के प्रचार के लिए वहाँ जमा हुए। बॉस्टन के निकटवर्ती एक गाँव में डॉ. राइटर से स्वामी जी की जान-पहचान हुई। वे हार्वर्ड विश्वविद्यालय में ग्रीक भाषा के प्रोफेसर थे। उन्होंने स्वामी जी के प्रति सहानुभूति दिखाई, धर्म सभा में जाने की विशेष अनिवार्यता जताई। उन्होंने कहा कि वहाँ जाने से समस्त अमेरीकी जाति से उनका परिचय होगा। स्वामी जी का किसी से भी परिचय नहीं था। इसलिए उन प्रोफेसर ने उनके लिए सारे इंतजाम करने की जिम्मेदारी अपने ऊपर ले ली। अंत में स्वामी जी दोबारा शिकागो चले आए। वहाँ एक सज्जन के घर में धर्म महासभा के प्राचीन और पश्चिमी प्रतिनिधियों के साथ उनका भी रहने-सहने का प्रबंध हो गया।

महासभा शुरू होने वाले दिन सभी 'आर्ट पैलेस' नामक कोठी में इक्ट्ठे हुए। वहाँ महासभा के अधिवेशन के लिए एक विशाल हॉल और कई छोटे-छोटे अस्थायी हॉल बनवाए गए। यहाँ सभी जाति के लोग जमा हुए थे। ब्रह्म समाज के प्रतापचंद्र मजूमदार और बंबई के नागरकर भारत से आए थे। वीर चंद गांधी जैन समाज के प्रतिनिधि

के रूप में और एनी बेसेंट और चक्रवर्ती थिओसफी के प्रतिनिधि आए थे। उनमें से मजूमदार से तो स्वामी जी का पहले से ही परिचय था और चक्रवर्ती उन्हें नाम से जानते थे। घर से आर्ट पैलेस तक उन्हें जुलूस की शक्ल में ले जाया गया और सभी को मंच पर एक कतार में बिठा दिया गया। संगीत, व्याख्यान वगैरह कार्यक्रम धूमधाम से संपन्न हुआ। उसके बाद सभा आरंभ हुई। तब एक-एक प्रतिनिधि को सभा के समक्ष परिचित कराया गया। उन लोगों ने भी आगे बढ़कर कुछ-कुछ कहा। स्वामी जी का दिल जोरों से धड़क रहा था और जुबान सूख गई। वह तो इस हद तक घबरा गए थे कि दोपहर से पहले व्याख्यान देने की उनकी हिम्मत नहीं पड़ी। मजूमदार बढ़िया बोले और चक्रवर्ती ने तो और भी बढ़िया भाषण दिया। वे सभी लोग अपना-अपना भाषण तैयार करके लाए थे। स्वामी जी ने कुछ भी तैयार नहीं किया था। उन्होंने देवी सरस्वती को प्रणाम किया और आगे बढ़ गए। वहाँ डॉ. बारोज ने उनका परिचय दिया। स्वामी जी का गेरुआ वस्त्र देखकर दर्शक उनकी ओर पहले ही थोड़ा आकर्षित हो उठे थे। अमेरिकावासियों को धन्यवाद देकर और दो-एक अन्य बातें कहकर स्वामी जी ने एक छोटा-सा भाषण दिया। जब स्वामी जी ने 'अमेरिकावासी बहनों और भाइयों' कहकर सभा को संबोंधित किया तो दो मिनट तक ऐसी तालियाँ बजीं कि मानो ऐसा लगा कि कान बहरे हो गए। उसके बाद स्वामी जी ने बोलना शुरू किया। जब उनका बोलना खत्म हुआ तो वह एकदम से बैठ गए। अगले दिन सभी अखबारों ने कहा कि उस दिन स्वामी जी का व्याख्यान ही सबके मन को छू गया। उस दिन समस्त अमेरिका स्वामी जी को जान गया। उस दिन हॉल में इतने श्रोता जमा हुए थे जितने कभी नहीं हुए। लगभग सभी अखबारों ने स्वामी जी की बेहद प्रशंसा की थी। अन्यान्य वक्ताओं को आमतौर पर आधे घंटे का समय दिया जाता था लेकिन स्वामी जी को काफी वक्त दिया गया था। श्रोताओं को रोके रखने के लिए लोकप्रिय वक्ताओं को सबसे आखिर में रखा जाता था। स्वामी जी को सुनने के लिए लोग सुबह दस बजे से लेकर रात दस बजे तक बैठे रहते थे। बीच में केवल खाने के लिए आधे घंटे की छुट्टी होती थी लेकिन श्रोता अपने प्रिय वक्ताओं के व्याख्यान को सुनने की प्रतीक्षा में देर तक बैठे रहते थे। सिंहल के धर्मपाल भी उन लोगों के प्रिय वक्ता थे। स्वामी जी के ऊपर अमेरिकी लोगों की काफी मेहरबानियां रहीं। वहाँ उन्हें कोई अभाव नहीं हुआ। यूरोप-भ्रमण के लिए जो खर्च उन्हें चाहिए होता था वह मिल जाता था। वहाँ उन्हें घर के किराए या खाने-पीने के लिए पैसे नहीं खर्च करने पड़ते थे। स्वामी जी लगातार किसी-न-किसी के अतिथि बने रहते थे। यह बात उन्हें समझ में आती गई कि प्रभु उनके साथ-साथ थे और वह उनके आदेश का अनुसरण करने की कोशिश कर रहे थे।

शिकागो भाषण, 11 सितंबर, 1893

अमेरिकी बहनों और भाइयों!

आपने जिस प्रेम और स्नेह के साथ हम लोगों का स्वागत किया है, उसके प्रति आभार प्रकट करने के निमित्त खड़े होते समय मेरा हृदय अवर्णनीय हर्ष से पूर्ण हो रहा है। संसार में संन्यासियों की सबसे प्राचीन परम्परा की ओर से मैं आपको धन्यवाद देता हूँ, धर्मों की माता की ओर से धन्यवाद देता हूँ और सभी सम्प्रदायों एवं मतों के कोटि कोटि हिन्दुओं की ओर से भी धन्यवाद देता हूँ।

मैं इस मंच पर से बोलने वाले उन कतिपय वक्ताओं के प्रति भी धन्यवाद ज्ञापित करता हूँ, जिन्होंने प्राची के प्रतिनिधियों का उल्लेख करते समय आपको यह बतलाया है कि सुदूर देशों के ये लोग सहिष्णुता का भाव विविध देशों में प्रचारित करने के गौरव का दावा कर सकते हैं। मैं एक ऐसे धर्म का अनुयायी होने में गर्व का अनुभव करता हूँ जिसने संसार को सहिष्णुता तथा सार्वभौम स्वीकृति, दोनों की ही शिक्षा दी है। हम लोग सब धर्मों के प्रति केवल सहिष्णुता में ही विश्वास नहीं करते, वरन् समस्त धर्मों को सच्चा मान कर स्वीकार करते हैं। मुझे ऐसे देश का व्यक्ति होने का अभिमान है, जिसने इस पृथ्वी के समस्त धर्मों और देशों के उत्पीड़ितों और शरणार्थियों को आश्रय दिया है। मुझे आपको यह बतलाते हुए गर्व होता है कि हमने अपने वक्ष में यहूदियों के विशुद्धतम अवशिष्ट को स्थान दिया था जिन्होंने दक्षिण भारत आकर उसी वर्ष शरण ली थी जिस वर्ष उनका पवित्र मन्दिर रोमन जाति के अत्याचार से धूल में मिला दिया गया था। ऐसे धर्म का अनुयायी होने में मैं गर्व का अनुभव करता हूँ जिसने महान जरथुष्ट्र जाति के अवशिष्ट अंश को शरण दी और जिसका पालन वह अब तक कर रहा है। भाईयों, मैं आप लोगों को एक स्तोत्र की कुछ पंक्तियाँ सुनाता हूँ, जिसकी आवृत्ति मैं बचपन से कर रहा हूँ और जिसकी आवृत्ति प्रतिदिन लाखों मनुष्य किया करते हैं:-

रुचिनां वैचित्र्यादृजुकुटिलनानापथजुषाम्।
नृणामेको गम्यस्त्वमसि पयसामर्णव इव।।

जैसे विभिन्न नदियाँ भिन्न-भिन्न स्रोतों से निकलकर समुद्र में मिल जाती हैं, उसी प्रकार हे प्रभो! भिन्न-भिन्न रुचि के अनुसार विभिन्न टेढ़े-मेढ़े अथवा सीधे रास्ते से जाने वाले लोग अन्त में तुझमें ही आकर मिल जाते हैं। यह सभा जो अभी तक आयोजित सर्वश्रेष्ठ पवित्र सम्मेलनों में से एक है, स्वतः ही गीता के इस अद्भुत उपदेश का प्रतिपादन एवं जगत् के प्रति उसकी घोषणा है:-

ये यथा मां प्रपद्यन्ते तांस्तथैव भजाम्यहम्।
मम वर्त्मानुवर्तन्ते मनुष्याः पार्थ सर्वशः॥

जो कोई मेरी ओर आता है, चाहे किसी प्रकार से हो, मैं उसको प्राप्त होता हूँ। लोग भिन्न मार्ग द्वारा प्रयत्न करते हुए अन्त में मेरी ही ओर आते हैं। साम्प्रदायिकता, हठधर्मिता और उनकी वीभत्स वंशधर धर्मान्धता इस सुन्दर पृथ्वी पर बहुत समय तक राज्य कर चुकी है। वे पृथ्वी को हिंसा से भरती रही है, उसको बारम्बार मानवता के रक्त से नहलाती रही है, सभ्यताओं को विध्वस्त करती और पूरे-पूरे देशों को निराशा के गर्त में डालती रही है। यदि ये वीभत्स दानवी न होती तो मानव समाज आज की अवस्था से कहीं अधिक उन्नत हो गया होता। पर अब उनका समय आ गया है और मैं आन्तरिक रूप से आशा करता हूँ कि आज सुबह इस सभा के सम्मान में जो घण्टाध्वनि हुई है, वह समस्त धर्मान्धता का तलवार या लेखनी के द्वारा होनेवाले सभी उत्पीड़नों का तथा एक ही लक्ष्य की ओर अग्रसर होनेवाले मानवों की पारस्पारिक कटुता का मृत्युनिनाद सिद्ध हो।

❑

11

मेरा देश भारत

स्वामी विवेकानंद जी की भारत वापसी के लगभग चार साल बाद चारों तरफ की परिस्थितियाँ आश्चर्यजनक रूप से अनुकूल हो गईं। सिंहल-कोलंबो में स्वामी जी जहाज से उतरे और भारत के लगभग आखिरी दक्षिणी छोर पर रामनाद में राजा के अतिथि के रूप में ठहरे हुए थे। कोलंबो से लेकर रामनाद तक स्वामी जी की परिक्रमा मानो एक विराट शोभा यात्रा थी। हजारों-हजारों लोगों की भीड़, आलोक सज्जा, अभिनंदन वगैरह! भारत भूमि के जिस खंड पर स्वामी जी ने आगमन किया वहाँ 40 फीट का एक विशाल स्मृति-स्तंभ तैयार किया जा रहा था। रामनाद के राजा ने सुंदर, नक्काशीदार, विशुद्ध सोने की एक पेटी में स्वामी जी को अभिनंदन पत्र प्रदान किया। उस अभिनंदन पत्र में स्वामी जी को 'महापवित्र' स्वरूप कहकर संबोधित किया गया। पूरा देश स्वामी जी के अभिनंदन की तैयारी में जुट गया। स्वामी जी अपने सौभाग्य के उच्चतम शिखर पर आसीन थे। इसके बावजूद उनका मन शिकागो के उसी निस्तब्ध प्रशांत दिनों की तरफ ही भाग रहा था। कैसे आराम, शांति और प्रेम भरे दिन थे। अनुराधापुर में एक बार स्वामी जी प्रचार के लिए गए थे। हिंदुओं के बीच प्रचार के लिए, बौद्ध लोगों के बीच नहीं। वह भी खुले मैदान में, किसी की जमीन पर नहीं। इन्हीं सबके बीच दुनिया भर के बौद्ध भिक्षु, घरबारी, औरत-मर्द ढोल-मंजीरा लिए हुए आ जुटे और अजीबो गरीब आवाज निकालने लगे, जिसका बयान नहीं किया जा सकता। हिंदुओं को किसी तरह समझाया गया कि चलो अब हम थोड़ी-बहुत अहिंसा कर लें। तब जाकर सब शांत हुए।

स्वामी जी को लगता था उनमें ढेरों दोष-त्रुटियों के बावजूद थोड़ा-बहुत साहस है। उस दिन मद्रास की सुधारक समितियों पर विषय शुरू करने से पहले स्वामी जी ने हिम्मत करके सबसे चंद बातें कहीं। स्वामी जी ने कहा, 'कुछ दिनों से कुछेक मामले ऐसे खड़े हो गए हैं जिनकी वजह से मेरे कामकाज में विघ्न आ रहा है। यहाँ तक कि अगर संभव हो तो मुझे कुचल-पीसकर मेरे अस्तित्व तक को उखाड़ फेंकने

की कोशिशें जारी हैं। ईश्वर को धन्यवाद कि ये सब चेष्टाएँ व्यर्थ हो गईं। इस किस्म की चेष्टाएँ हमेशा ही निरर्थक होती हैं। पिछले तीन वर्षों से मैं गौर कर रहा हूँ कि चंद व्यक्तियों के मन में मेरे और मेरे कामकाज के बारे में भ्रांत धारणाएँ घर कर गई हैं। जितने दिनों तक मैं विदेश में था मैं खामोश रहा। मैंने एक शब्द भी नहीं कहा लेकिन अब अपनी मातृभूमि पर खड़ा हूँ इसलिए इस बारे में कुछेक बात समझाकर बताना जरूरी हो आया है। इन बातों का नतीजा क्या निकलेगा मैं उसकी परवाह नहीं करता। ये बातें सुनकर तुम लोगों के मन में भी कैसे भाव होंगे, मैं इसकी भी परवाह नहीं करता। लोगों की राय से मैं कम ही प्रभावित होता हूँ। चार वर्ष पहले हाथ में दंड-कमंडल लेकर संन्यासी वेश में तुम लोगों के शहर में दाखिल हुआ था। अभी भी मैं वही संन्यासी हूँ। अभी भी मेरे सामने समूची दुनिया पड़ी है।' इसके बाद स्वामी जी ने मद्रास की सुधारक समितियों के बारे में कहना शुरू किया। 'मुझे आशंका है कि कुछ सुधार समितियाँ मुझे डरा-धमकाकर इस कोशिश में लगी हैं कि मैं उनमें शामिल हो जाऊँ। उन लोगों की तरफ से इस किस्म की कोशिश अचरज में डालती है। जो इंसान पिछले पंद्रह वर्षों से अनाहार रहकर मृत्यु से संघर्ष कर रहा है, जिस इंसान के लिए इतने दिनों तक कल क्या खाएगा? कहाँ सोएगा? यह तय नहीं था, उसे इतनी आसानी से नहीं डराया जा सकता। पहले मैं उन्हीं से कहना चाहता हूँ कि वे लोग जान लें कि मुझमें अभी भी थोड़ी-सी दृढ़ता मौजूद है थोड़ा तजुरबा भी है और मुझे दुनियावालों को कुछेक संदेश भी देने हैं। मैं निर्भय होकर और भविष्य की बूँद भर भी चिंता किए बिना अपना वह लक्ष्य और संदेश वहन करूँगा। इन सुधारकों से मैं यह कहना चाहता हूँ कि मैं उन लोगों से भी बड़ा सुधारक हूँ। वे लोग एकाध सुधार ही करना चाहते हैं और मैं आमूल सुधार चाहता हूँ। हममें फर्क सिर्फ सुधार की प्रणाली का है। उनकी प्रणाली तोड़-फोड़ डालो, मेरी पद्धति है संगठन। मैं क्षणिक या सामयिक संसार में विश्वास नहीं करता। मैं स्वाभाविक उन्नति में विश्वास करता हूँ। मुझमें इतना साहस नहीं है कि मैं ईश्वर के आसन पर अपने को बिठाकर समाज को यह निर्देश दूँ कि तुम्हें इस तरफ चलना होगा, उस तरफ नहीं। मैं तो वह गिलहरी बनना चाहता हूँ जिसने भगवान राम के सेतु-बंधन के समय अपनी ताकत भर, मुट्ठी भर रेत वहन करके ही अपने को धन्य मान लिया था। मैं भी यही बनना चाहता हूँ।

इसी वजह से मैं मद्रास के सुधारकों से भी यही कहना चाहता हूँ कि उन लोगों के प्रति मेरी श्रद्धा और प्यार सदा मौजूद है। उन लोगों के विशाल मन, उन लोगों की स्वदेश प्रीति, दरिद्र और अत्याचारित लोगों के प्रति उन लोगों के प्यार के लिए मैं उन लोगों को प्यार करता हूँ लेकिन जैसे भाई अपने भाई को प्यार करता है मगर उनके

दोषों के प्रति भी आगाह करता चलता है। उसी तरह मैं भी उन लोगों से कहता हूँ कि उन लोगों की कार्य-प्रणाली सही नहीं है। सैंकड़ों सालों से इसी ढर्रे पर काम करने की कोशिश की जाती रही है लेकिन उनका कोई नतीजा नहीं निकला। अब हमें किसी और तरीके से काम करने की कोशिश करनी होगी। विदेशी संस्थाएँ जिस ढंग से हमें चलाने की कोशिश कर रही हैं उस ढंग से काम करना बेकार है, वह असंभव है। हममें तोड़-फोड़ करके हमें दूसरी जाति के मुताबिक गढ़ना असंभव है। इसके लिए ईश्वर को लाख-लाख धन्यवाद! मैं अन्यान्य जातियों के सामाजिक प्रथाओं की निंदा नहीं कर रहा हूँ। वे प्रथाएँ उन लोगों के लिए भले कल्याणप्रद हों, हमारे लिए नहीं है। उन लोगों के लिए जो अमृत है हमारे लिए जहर हो सकता है। हमें पहले यही सीखना होगा। किसी दूसरी तरह की विज्ञान समृद्धि और पद्धति मुताबिक गठित होने की वजह से उन लोगों की आधुनिक समाज विधि, प्रथाएँ और तरह की हैं। हमारे साथ किसी और तरह की समृद्धि और हजारों वर्षों की परंपरा मौजूद है। इसलिए हम स्वभावतः ही अपने संस्कार मुताबिक कह सकते हैं और हमें उसी ढंग से काम करना होगा। अब सवाल यह उठता है कि हम किस ढंग से काम करें? 'मैं प्राचीन महान आचार्यों के उपदेशों का अनुसरण करना चाहता हूँ। आप लोगों में से बहुत से लोग जानते हैं कि अमेरिका में धर्म महासभा के लिए मैं नहीं गया था। देश के आम लोगों की दुर्दशा दूर करने का मुझ पर भूत सवार हो गया था। अनगिनत वर्षों से मैंने समूचे भारत की परिक्रमा की है लेकिन अपने स्वदेशवासियों के लिए काम करने का मुझे कभी मौका नहीं मिला। इसीलिए मैं अमेरिका गया था। उन दिनों आप लोगों में से जो मुझे जानते थे, उन लोगों को इस बात की जानकारी है। धर्म महासभा में कौन माथापच्ची करता है? यहाँ मेरे अपने रक्त-मांस के अपने लोग दिनोंदिन डूबते जा रहे हैं। उन लोगों की खबर कौन लेता है? यही मेरी पहली सीढ़ी थी।'

दार्जिलिंग में स्वामी जी की याचना के लिए मानो समस्त देशवासी एकप्राण होकर इकट्ठे हुए थे। वह जहाँ भी जाते थे सैंकड़ों लोग वहाँ उत्साहित होकर आनंद ध्वनि करते थे। राजा-रजवाड़े उनका रथ खींच रहे थे। बड़े-बड़े शहरों की मुख्य सड़क पर तोरण-द्वार बनाए गए थे और उन द्वारों पर विभिन्न मंगल वाक्य जगमगा रहे थे। उन्हीं दिनों स्वामी जी ने यूरोप जाने की एक सुविधा भी गँवा दी थी। राजा अजित सिंह और कई अन्यान्य राजा इंग्लैंड के लिए रवाना हो गए थे। उन लोगों ने स्वामी जी को अपने साथ ले जाने के लिए काफी कोशिश की लेकिन डॉक्टर ने उन्हें जाने की अनुमति नहीं दी। वे लोग नहीं चाहते थे कि स्वामी जी कोई शारीरिक या मानसिक परिश्रम करें। इसलिए स्वामी जी को वह मौका खो देना पड़ा।

दार्जिलिंग बेहद खूबसूरत जगह है। यहाँ बीच-बीच में जब बादल खिसक जाते हैं तब 28,146 फीट ऊँचे महिमामंडित कंचनजंघा के दर्शन हो जाते हैं और करीब से ही एक पहाड़ के शिखर से कभी-कभी 29002 फीट ऊँचे गौरीशंकर के भी दर्शन हो जाते हैं।

स्वामी जी के बाल अब पकने लगे थे और चेहरे पर भी काफी झुर्रियाँ पड़ गई थीं। देह का मांस घट जाने की वजह से स्वामी जी की उम्र मानो बीस साल और बढ़ गई थी। वह दिनोंदिन बेहद दुबले होते जा रहे थे। जिसकी वजह यह थी कि उन दिनों स्वामी जी को केवल गोश्त खाकर जिंदा रहना पड़ रहा था। न रोटी, न भात, न आलू यहाँ तक कि उनकी कॉफी में चीनी भी नहीं होती थी। लोग उन्हें देखने के लिए भीड़ लगा देते थे। उन दिनों स्वामी जी ने बहुत बड़ी दाढ़ी रख ली थी। वह दाढ़ी भी अब श्वेत होने लगी थी।

अपनी टूटी हुई सेहत वापस पाने के लिए स्वामी जी महीने भर दार्जिलिंग में रहे। अब वह काफी ठीक हो गए थे। सारी बीमारी दार्जिलिंग में ही भाग खड़ी हुई। इसके बाद स्वामी जी अल्मोड़ा नामक एक अन्य शैलावास के लिए यात्रा कर रहे थे ताकि सेहत और अधिक बेहतर हो सके। वहाँ की स्थिति उन्हें ज्यादा आशाजनक नहीं लग रही थी। समूची जाति ने मिलकर स्वामी जी का सम्मान किया। कलकत्ता के आस-पास की जमीनों की कीमतें बढ़ती जा रही थीं। अमेरिका में वह जो थे यहाँ उससे अलग थे। यहाँ समस्त हिंदू जाति स्वामी जी को अपनी एक ऑथरिटी मान रही थी और वहाँ वह एक प्रचारक मात्र थे। वहाँ राजा लोग उनके रथ की डोर खींचते थे और वहाँ उन्हें किसी अच्छे होटल तक में कदम नहीं रखने देते थे। भारतवर्ष बहुत पहले ही श्रीरामकृष्ण का हो चुका था और स्वामी जी ने विशुद्ध हिंदू धर्म के लिए यहाँ का काम थोड़ा संगठित कर लिया था। जीवन में ऐसे अनेक पल आते हैं जब मन बिल्कुल निराशा में डूब जाता है। हिंदू लोग शोभायात्रा निकाल रहे थे और भी कितना कुछ कर रहे थे लेकिन वे लोग रूपए नहीं दे सकते थे। दुनिया में आर्थिक मदद के नाम पर स्वामी जी को सिर्फ इंग्लैंड में मिस मूलर और मिस्टर सेवियर से ही मिला है। स्वामी जी का ख्याल था कि 1000 पाउंड मिल जाएँ तो कम-से-कम कलकत्ता का प्रधान केंद्र स्थापित हो जाएगा। उन्होंने ऐसा अंदाजा दस-बारह वर्ष पहले के कलकत्ता को देखकर उस समय के तजुर्बे के मुताबिक लगाया था। इस बीच चीजों के दाम तिगने-चौगुने बढ़ गए थे। काम तो शुरू कर दिया गया था। एक पुराना घर छह-सात महीने के किराए पर ले लिया गया था। स्वास्थ्य-लाभ के लिए स्वामी जी को एक महीने के लिए दार्जिलिंग में रहना पड़ा।

स्वामी जी अब ठीक हो गए थे। बदन में खूब ताकत भी आ गई थी। न प्यास लगती थी और न रात को उठ-उठकर पेशाब के लिए जाना पड़ता था। कमर में दर्द गायब था, लिवर भी ठीक था। घुड़सवारी का खासा अभ्यास हो गया था। बीस-तीस मील लगातार दौड़ते रहने के बाद भी उन्हें न दर्द होता था न थकान। दूध बिल्कुल बंद कर दिया था, इस डर से कि कहीं पेट न बढ़ जाए। अब स्वामी जी अल्मोड़ा में थे।

लंदन से लौटकर जब स्वामी जी दक्षिण भारत में थे और जब लोग उन्हें उत्सव में भोज के बहाने बुलाकर उनका स्वागत कर रहे थे और उनसे सोलह आने काम वसूल कर रहे थे, ऐसे में वंशगत एक पुराना रोग उभर आया। उन दिनों अत्यधिक मानसिक परिश्रम की वजह से वह रोग उभर आया था। जिसके कारण स्वामी जी को मद्रास तत्काल छोड़ देना पड़ा और ठंडी जगह उत्तरांचल (अब उत्तराखंड) चले जाना पड़ा। एक दिन भी देर करने का मतलब होता था अन्य जहाज पकड़ने के लिए उस प्रचंड गरमी में और एक सप्ताह इंतजार करना। स्वामी जी को पता चला कि मि. बैरोज अगले दिन ही मद्रास आ पहुँचे थे और उन्हें वहाँ न पाकर वह काफी रुष्ट भी हुए थे। स्वामी जी उनके ठहरने और अभिनंदन का सारा इंतजाम कर आए थे। स्वामी जी ने गौर किया था कि ठंडी आबोहवा में आते ही वह स्वस्थ हो जाते थे लेकिन मैदान में जाते ही वह बिस्तर पकड़ लेते थे। कलकत्ता के करीब गंगा-तट पर स्वामी जी ने संघ के लिए एक टुकड़ा जमीन खरीद ली थी। वहाँ छोटे से एक घर में लोग रह रहे थे। उसके काफी करीब ही जहाँ स्वामी जी ने मठ स्थापित किया था, उस घर में वह सब रह रहे थे। स्वामी जी उन लोगों से हर रोज मिलते थे। इस बात से वे लोग भी काफी प्रसन्न थे।

उसके बाद स्वामी जी श्री अमरनाथजी के दर्शनों के लिए गए थे। बेहद आनंददायक तीर्थस्थल है। वहाँ स्वामी जी महीने भर रहे। अमरनाथ दर्शन के बाद से स्वामी जी के दिमाग में चौबीसों घंटे शिव सवार हो गए थे। वे किसी हाल में भी नहीं उतर रहे थे। ओम अमरनाथ और बाद में ओम क्षीरभवानी के मंदिर में खूब तपस्या की थी। अमरनाथ जाते हुए स्वामी जी पहाड़ की एक खड़ी चढ़ाई पार कर रहे थे। उस रास्ते से कोई यात्री नहीं जाता, सिर्फ पहाड़ी लोग ही आते-जाते थे। स्वामी जी पर न जाने कैसी धुन सवार हुई कि वह भी इसी मार्ग से जाने लगे। इस मार्ग पर मेहनत जो पड़ी तो शरीर जरा शिथिल पड़ गया। वहाँ इतनी कड़ाके की सर्दी थी कि बदन पर मानो सुइयाँ चुभ रही हों। केवल कौपीन पहनकर बदन पर भस्म लपेटे स्वामी जी ने गुफा में प्रवेश किया। उस वक्त तो शीत-ग्रीष्म कुछ भी महसूस नहीं हुआ लेकिन मंदिर से

निकलकर ठंड में मानो वह जकड़ गए। वहाँ स्वामी जी ने तीन-चार सफेद कबूतर देखे थे। वे कबूतर उसी गुफा में रहते थे या कहीं आस-पास, उनकी समझ में नहीं आया। सुना है कबूतर के दर्शन हो जाएं तो जो भी मनोकामना करो सिद्ध हो जाती है। यह देववाणी सुनने तक स्वामी जी ने कोई संकल्प नहीं किया था। मठ बनाने का संकल्प स्वामी जी ने त्याग दिया था। माँ की जो इच्छा थी वही हुआ।

स्वामी जी की तबीयत फिर बिगड़ गई थी इसलिए उन्हें कश्मीर से तत्काल कलकत्ता लौटना पड़ा था। डॉक्टरों ने कहा था कि अगले ठंड के मौसम में दोबारा परिव्राजक बनना उनके लिए ठीक नहीं होगा। इससे अधिक हताशाजनक और क्या हो सकता था? दो वर्षों के शारीरिक कष्ट ने मानो स्वामी जी की बीस वर्ष की उम्र हर ली थी। स्वामी जी को समझ में आ गया था कि उनकी समस्त परेशानी की जड़ बदहजमी और थकान है। हजम के मामले में वह सावधानी बरतने लगे। उनकी दूसरी बार सफलता के साथ सारी तकलीफ दूर हो गई और वह फिर ठीक होने लगे। दरअसल अच्छी बात यह है कि आत्मा में कोई परिवर्तन नहीं होता। भोली आत्मा उसी तरह विभोर रहकर तीखी एकाग्रता के साथ ठीक उसी तरह स्थित रहती है।

जिस पवित्र प्यार के साथ पश्चिम के लोगों ने स्वामी जी को ग्रहण किया था वह निःस्वार्थ हृदय के लिए ही संभव है। उस देश के प्रति वह कृतज्ञ रहे लेकिन इस मातृभूमि के प्रति ही उनका सारा जीवन अर्पित रहा। स्वामी जी कहते थे कि अगर मुझे हजार बार भी जन्म ग्रहण करना पड़े तब उस हजार जीवन का प्रति मुहूर्त मेरे देशवासियों को होगा। मेरा पल-पल तुम लोगों की ही सेवा में अर्पित होगा। मेरा शारीरिक, मानसिक, आध्यात्मिक जो भी संबल है वह सबकुछ तो मैंने इसी देश से पाया है। अगर किसी भी क्षेत्र में मुझे सफलता नसीब हुई तो वह गौरव मेरा नहीं तुम लोगों का है। जो दुर्बलताएँ और व्यर्थताएँ हैं सब मेरी व्यक्तिगत हैं। हम सब भारत के अधःपतन के बारे में सुनते रहते हैं। कभी मैं भी इस बात पर विश्वास करता था। आज अनुभवों की दृढ़भूमि पर खड़े होकर मैं सविनय स्वीकार करता हूँ कि मुझसे भूल हुई थी।

इन सभी नीतियों के सहारे स्वामी जी का जीवन संचालित हो रहा था। इसमें एक बात यह भी थी कि अपने पूर्वजों को स्मरण करके वह कभी लज्जित नहीं हुए। जगत में जितने भी गर्वित पुरुषों ने जन्म ग्रहण किया है स्वामी जी उनमें से अन्यतम थे। वह अपना कोई गुण या शक्ति को लेकर अहंकार नहीं करते थे। वह अपने प्राचीन पूर्व-पुरुषों के गौरव से गौरवान्वित थे। इसी से उनमें अपने विश्वास के प्रति दृढ़ता

और साहस आया। स्वामी जी को महान पूर्वपुरुषों के महान अभिप्राय को कार्य रूप में प्रस्तुत करने के लिए नियुक्त किया गया। वह स्वेदश हितैषी होने में विश्वास करते थे। उनका मानना था कि किसी महान कार्य करने के लिए तीन बातों की जरूरत पड़ती है, आंतरिकता, बुद्धि और विचार। ये सब हमें कई चरण आगे बढ़ा देती हैं मगर महाशक्ति की प्रेरणा हृदय-द्वार से ही आती है। प्रेम असंभव को संभव कर देता है। भारत दीर्घ काल से यंत्रणा सहता आया है। सनातन धर्म पर काफी अरसे से अत्याचार हुआ है लेकिन प्रभु दयामय हैं। वे अपनी संतानों के उद्धार के लिए आए हैं। पतित भारत को दोबारा जाग्रत करने का मौका दिया गया है। केवल श्रीरामकृष्ण देव के चरण तले बैठकर शिक्षा ग्रहण करने से ही भारत का उत्थान होगा। उनके जीवन और उपदेशों का चारों तरफ प्रचार करना होगा ताकि हिंदू समाज के प्रति ये उपदेश ओत-प्रोत भाव से फैल जाए।

स्वामी जी के गुरुदेव कहा करते थे हिंदू, ईसाई आदि विभिन्न नाम भर हैं। इंसान-इंसान में परस्पर भाई के समान ही विशेष बंधन हो जाता है। पहले यही सब सोचने-विचारने की कोशिश करनी होगी। दूसरों का मंगल करने की शक्ति हम सब खो बैठे हैं। आजकल केवल अशुभ प्रभावों का विस्तार है। इन लोगों के कुहासे में पकड़कर हममें जो लोग विशुद्ध और खरे हैं, वे लोग भी राक्षसों जैसा बर्ताव करने लगे हैं। इन सबको तोड़ने के लिए कठोर चेष्टा करनी होगी और इसमें हम सब जरूर सफल होंगे।

अंदर से जैसी प्रेरणा आए उसी ढंग से काम करना चाहिए। कार्य अगर ठीक-ठीक और अच्छा हुआ तो मुमकिन है मरने के सैकड़ों-सैकड़ों शताब्दियों बाद समाज को उनकी तरफ लौटकर आना ही होगा। मन से हमारे कार्यों से जुड़ जाना होगा। एक भाव एक चिंतन के लिए जब तक हम कुछ त्याग के लिए प्रस्तुत नहीं होते तब तक हमें किसी काल में आलोक नजर नहीं आएगा। जो लोग मानव जाति की किसी प्रकार से सहायता करना चाहते हैं, उन लोगों के ये समस्त सुख-दुःख, नाम-यश और जितने भी प्रकार के स्वार्थ हैं सब पोटली बाँधकर समंदर में फेंक देना होगा और पलटकर भगवान के पास आना होगा। सभी आचार्य यही बात कह गए हैं और कर गए हैं।

स्वामी विवेकानंद जी कहते थे कि मनुष्य ने आध्यात्मिक राज्य को जितना प्राप्त किया है या पाएगा, वही उसकी पहली और आखिरी प्राप्ति होगी। भारत में भी प्राचीन या आधुनिक काल में विरोधी संप्रदायक भले विद्यमान हो- ये सभी उपनिषद् या वेदांत रूप प्रमाणों पर ही प्रतिष्ठित हैं। इसलिए हमें सभी भारतीय संप्रदायों को इसे प्रमाण मानकर चलना चाहिए लेकिन इस सभी संप्रदायों के बीच हम फिलहाल ढेरों विरोध देख

रहे हैं। स्वामी जी को ईश्वर की कृपा से एक ऐसे व्यक्ति के चरण तले बैठकर शिक्षा ग्रहण करने का सौभाग्य मिला था जिनका समग्र जीवन उपनिषद् के इस महासमन्वय की व्याख्या स्वरूप है, जिनका जीवन उपनिषद् मंत्रों का जीवंत भाष्य स्वरूप है। उन्हें देखकर ऐसा लगता था मानो उपनिषद् के भाव वास्तविक रूप में मानव मूर्ति बनकर प्रकाशित हो रहे हैं। संभवतः उसी समन्वय के भाव थोड़ा बहुत स्वामी जी के अंदर भी आ गए थे।

भारत के लिए जिस परिकल्पना ने स्वामी जी के मन में रूप लिया था यह वह है कि जो भारत के संन्यासियों के बारे में पहले बताया गया है। वह लोग कैसे किसी प्रकार का मूल्य ग्रहण किए बिना या टुकड़ा भर रोटी के बदले में द्वार-द्वार धर्म प्रचार करते रहते हें। इसीलिए भारतवर्ष के निम्न स्तर के लोग धर्म की महत्तम भावराशि धारण करते हैं। यह सब इन्हीं संन्यासियों का कर्म है।

स्वामी जी का उद्देश्य यही था कि भारत और भारत के बाहर मनुष्य जाति ने जो महान चिंताराशि उद्भावन की है उन सबका अति हीन और अति दरिद्र लोगों तक प्रचार करना होगा। उसके बाद वे लोग खुद सोचें कि जाति भेद होना उचित है या नहीं, महिलाओं को संपूर्ण स्वाधीनता पाना उचित है या नहीं। क्यूंकि विचार और कामकाज की स्वाधीनता पर ही निर्भर करता है जीवन, उन्नति और कल्याण। इसके अभाव में मनुष्य, वर्ण और जाति का पतन अवश्यंभावी है। स्वामी जी के जीवन की एकमात्र आकांक्षा यही थी कि वह एक ऐसा यंत्र चालू कर जाएं जो प्रत्येक मनुष्य तक उच्च भावराशि वहन करके ले जाए। उसके बाद भले ही वह नारी हो या पुरुष वे लोग स्वयं ही अपनी भाग्य रचना कर लेंगे।

स्वामी विवेकानंद कहते थे कि हमें पसंद हो या न पसंद हो लेकिन धर्म और आध्यात्मिकता ही हमारे राष्ट्रीय जीवन के उज्जवल भविष्य के आधार स्तंभ हैं। यहाँ सभी कौम के लोग रहते हैं। रीति-रिवाजों में तो कमाल का फर्क है लेकिन तब भी धर्म ही हमारी समान राष्ट्रीय एकता का आधार है। हिन्दुओं का जीवन दर्शन वेदांत के 'अद्वैत' इस एक शब्द में समाया है तो उसका सारभूत अर्थ गीता के 'समं सर्वेषु भूतेषु' इस शब्द में। प्रश्न उठता है कि अगर जीवमात्र में एकत्व और ईश्वरत्व ही वेदांत की नींव है तब घृणा या द्वेष किसका?

❑

12

महासमाधि और महत्त्वपूर्ण तिथियाँ

स्वामी विवेकानंद के शक्तिशाली और प्रभावकारी व्याख्यानों की प्रसिद्धि विश्वभर में है। जीवन के अंतिम दिन उन्होंने शुक्ल यजुर्वेद की व्याख्या की और कहा "एक और विवेकानंद चाहिए यह समझने के लिए कि इस विवेकानंद ने अब तक क्या किया है।" प्रत्यदर्शियों के अनुसार जीवन के अंतिम दिन भी उन्होंने अपने 'ध्यान' करने की दिनचर्या को नहीं बदला और प्रातः दो तीन घंटे ध्यान किया। उन्हें दमा और शर्करा के अतिरिक्त अन्य शारीरिक व्याधियों ने घेर रखा था। उन्होंने कहा भी था 'यह बीमारियाँ मुझे चालीस वर्ष के आयु को भी पार नहीं करने देंगी।' 4 जुलाई, 1902 को बेलूर में रामकृष्ण मठ में स्वामी विवेकानंद ने ध्यानमग्न अवस्था में महासमाधि धारण कर प्राण त्याग दिए। उनके शिष्यों और अनुयायियों ने उनकी स्मृति में वहाँ एक मंदिर बनवाया और समूचे विश्व में विवेकानंद तथा उनके गुरु श्रीरामकृष्ण के संदेशों के प्रचार के लिए 130 से अधिक केंद्रों की स्थापना की।

महत्त्वपूर्ण तिथियाँ:-

12 जनवरी, 1863	:	कलकत्ता में जन्म
सन् 1879	:	प्रेसीडेंसी कॉलेज में प्रवेश
सन् 1880	:	जनरल असेंबली इंस्टीट्यूशन में प्रवेश
नवंबर 1881	:	श्रीरामकृष्ण से प्रथम भेंट
सन् 1882-86	:	श्रीरामकृष्ण से संबद्ध
सन् 1884	:	स्नातक परीक्षा उत्तीर्ण; पिता का स्वर्गवास
सन् 1885	:	श्रीरामकृष्ण की अंतिम बीमारी
16 अगस्त, 1886	:	श्रीरामकृष्ण का निधन

सन् 1886	:	वराह नगर मठ की स्थापना
जनवरी 1887	:	वराह नगर मठ में संन्यास की औपचारिक प्रतिज्ञा
सन् 1890-93	:	परिव्राजक के रूप में भारत-भ्रमण
25 दिसंबर, 1892	:	कन्याकुमारी में
13 फरवरी, 1893	:	प्रथम सार्वजनिक व्याख्यान सिकंदराबाद में
31 मई, 1893	:	बंबई से अमेरिका रवाना
25 जुलाई, 1893	:	वैंकूवर, कनाडा पहुँचे
30 जुलाई, 1893	:	शिकागो आगमन
अगस्त 1893	:	हार्वर्ड विश्वविद्यालय के प्रो. जॉन राइट से भेंट
11 सितंबर, 1893	:	विश्व धर्म सम्मेलन, शिकागो में प्रथम व्याख्यान
27 सितंबर, 1893	:	विश्व धर्म सम्मेलन, शिकागो में अंतिम व्याख्यान
16 मई, 1894	:	हार्वर्ड विश्वविद्यालय में संभाषण
नवंबर 1894	:	न्यूयॉर्क में वेदांत समिति की स्थापना
जनवरी 1895	:	न्यूयॉर्क में धार्मिक कक्षाओं का संचालन आरंभ
अगस्त 1895	:	पेरिस में
अक्तूबर 1895	:	लंदन में व्याख्यान
6 दिसंबर, 1895	:	वापस न्यूयॉर्क
22-25 मार्च, 1896	:	वापस लंदन
मई-जुलाई 1896	:	हार्वर्ड विश्वविद्यालय में व्याख्यान
15 अप्रैल, 1896	:	वापस लंदन
मई-जुलाई 1896	:	लंदन में धार्मिक कक्षाएँ
28 मई, 1896	:	ऑक्सफोर्ड में मैक्समूलर से भेंट
30 दिसंबर, 1896	:	नेपल्स से भारत की ओर रवाना
15 जनवरी, 1897	:	कोलंबो, श्रीलंका आगमन
6-15 फरवरी, 1897	:	मद्रास में

19 फरवरी, 1897	:	कलकत्ता आगमन
1 मई, 1897	:	रामकृष्ण मिशन की स्थापना
मई–दिसंबर 1897	:	उत्तर भारत की यात्रा
जनवरी 1898	:	कलकत्ता वापसी
19 मार्च, 1899	:	मायावती में अद्वैत आश्रम की स्थापना
20 जून, 1899	:	पश्चिमी देशों की दूसरी यात्रा
31 जुलाई, 1899	:	न्यूयॉर्क आगमन
22 फरवरी, 1900	:	सैन फ्रांसिस्को में वेदांत समिति की स्थापना
जून 1900	:	न्यूयॉर्क में अंतिम कक्षा
26 जुलाई, 1900	:	यूरोप रवाना
24 अक्तूबर, 1900	:	विएना, हंगरी, कुस्तुनतुनिया, ग्रीस, मिस्र आदि देशों की यात्रा
26 नवंबर, 1900	:	भारत रवाना
9 दिसंबर, 1900	:	बेलूर मठ आगमन
जनवरी 1901	:	मायावती की यात्रा
मार्च–मई 1901	:	पूर्वी बंगाल और असम की तीर्थयात्रा
जनवरी–फरवरी 1902	:	बोधगया और वाराणसी की यात्रा
मार्च 1902	:	बेलूर मठ में वापसी
4 जुलाई, 1902	:	महासमाधि।

❑

13

स्वामी विवेकानंद: विचार एवं उक्तियां

1. उठो, जागो और तब तक मत रुको जब तक लक्ष्य की प्राप्ति ना हो जाए।
2. खुद को कमजोर समझना सबसे बड़ा पाप है।
3. तुम्हें कोई पढ़ा नहीं सकता, कोई आध्यात्मिक नहीं बना सकता। तुमको सब कुछ खुद अंदर से सीखना है। आत्मा से अच्छा कोई शिक्षक नही है।
4. सत्य को हजार तरीकों से बताया जा सकता है, फिर भी हर एक सत्य ही होगा।
5. बाहरी स्वभाव केवल अंदरूनी स्वभाव का बड़ा रूप है।
6. ब्रह्माण्ड की सारी शक्तियां पहले से हमारी हैं। वो हम ही हैं जो अपनी आंखों पर हाथ रख लेते हैं और फिर रोते हैं कि कितना अंधकार है।
7. विश्व एक विशाल व्यायामशाला है जहां हम खुद को मजबूत बनाने के लिए आते हैं।
8. दिल और दिमाग के टकराव में दिल की सुनो।
9. शक्ति जीवन है, निर्बलता मृत्यु है। विस्तार जीवन है, संकुचन मृत्यु है। प्रेम जीवन है, द्वेष मृत्यु है।
10. किसी दिन जब आपके सामने कोई समस्या ना आए आप सुनिश्चित हो सकते हैं कि आप गलत मार्ग पर चल रहे हैं।
11. पढ़ने के लिए जरूरी है एकाग्रता, एकाग्रता के लिए जरूरी है ध्यान। ध्यान से ही हम इन्द्रियों पर संयम रखकर एकाग्रता प्राप्त कर सकते हैं।
12. ज्ञान स्वयं में वर्तमान है, मनुष्य केवल उसका आविष्कार करता है।
13. जब तक जीना तब तक सीखना, अनुभव ही जगत में सर्वश्रेष्ठ शिक्षक है।

14. पवित्रता, धैर्य और उद्यम ये तीनों गुण मैं एक साथ चाहता हूं।

15. लोग तुम्हारी स्तुति करें या निन्दा, लक्ष्य तुम्हारे ऊपर कृपालु हो या न हो, तुम्हारा देहांत आज हो या युग में, तुम न्यायपथ से कभी भ्रष्ट न हो।

16. जिस समय जिस काम के लिए प्रतिज्ञा करो, ठीक उसी समय पर उसे करना ही चाहिये, नहीं तो लोगो का विश्वास उठ जाता है।

17. जब तक आप खुद पे विश्वास नहीं करते तब तक आप भगवान पे विश्वास नहीं कर सकते।

18. एक समय में एक काम करो और ऐसा करते समय अपनी पूरी आत्मा उसमे डाल दो और बाकी सब कुछ भूल जाओ।

19. जितना बड़ा संघर्ष होगा जीत उतनी ही शानदार होगी।

20. शिक्षा ऐसी हो जिससे बालक का शारीरिक, मानसिक एवं आत्मिक विकास हो सके।

21. शिक्षा ऐसी हो जिससे बालक के चरित्र का निर्माण हो, मन का विकास हो, बुद्धि विकसित हो तथा बालक आत्मनिर्भर बने।

22. बालक एवं बालिकाओं दोनों को समान शिक्षा देनी चाहिए।

23. धार्मिक शिक्षा पुस्तकों द्वारा न देकर आचरण एवं संस्कारों द्वारा देनी चाहिए।

24. पाठ्यक्रम में लौकिक एवं पारलौकिक दोनों प्रकार के विषयों को स्थान देना चाहिए।

25. शिक्षा गुरु गृह में प्राप्त की जा सकती है।

26. शिक्षक एवं छात्र का सम्बन्ध अधिक-से-अधिक निकट का होना चाहिए।

27. सर्वसाधारण में शिक्षा का प्रचार एवं प्रसार किया जाना चाहिये।

28. देश की आर्थिक प्रगति के लिए तकनीकी शिक्षा की व्यवस्था की जाये।

29. मानवीय एवं राष्ट्रीय शिक्षा परिवार से ही शुरू करनी चाहिए।

30. यदि परिस्थितियों पर आपकी मजबूत पकड़ है तो जहर उगलने वाला भी आपका कुछ नही बिगाड़ सकता।

31. हर काम को तीन अवस्थाओं से गुजरना होता है– उपहास, विरोध और स्वीकृति।

32. संभव की सीमा जानने का एक ही तरीका है, असंभव से भी आगे निकल जाना।

33. अनेक देशों में भ्रमण करने के पश्चात् मैं इस निष्कर्ष पर पहुँचा हूँ कि संगठन के बिना संसार में कोई भी महान एवं स्थाई कार्य नहीं किया जा सकता।

34. शिक्षा क्या है? क्या वह पुस्तक विद्या है? नहीं। क्या वह नाना प्रकार का ज्ञान है? नहीं, यह भी नहीं। जिस संयम के द्वारा इच्छाशक्ति का प्रवाह और विकास वश में लाया जाता है और वह फलदायक होता है, वह शिक्षा कहलाती है।

35. पीड़ितों की सेवा के लिए आवश्यकता पड़ने पर हम अपने मठ की भूमि तक भी बेच देंगे। हजारों असहाय नर-नारी हमारे नेत्रों के सामने कष्ट भोगते रहें और हम मठ में रहें, यह असम्भव है। हम संन्यासी हैं, वृक्षों के नीचे निवास करेंगे और भिक्षा मांगकर जीवित रह लेंगे।

36. हम वो हैं जो हमें हमारी सोच ने बनाया है, इसलिए इस बात का ध्यान रखिये कि आप क्या सोचते हैं। शब्द गौण हैं, विचार रहते हैं, वे दूर तक यात्रा करते हैं।

37. हम भगवान को खोजने कहां जा सकते हैं अगर उनको अपने दिल और हर एक जीवित प्राणी में नहीं देख सकते।

38. किसी चीज से डरो मत। तुम अद्‌भुत काम करोगे। यह निर्भयता ही है जो क्षण भर में परम आनंद लाती है।

39. वह नास्तिक है जो अपने आप में विश्वास नहीं रखता।

40. जो अग्नि हमें गर्मी देती है, हमें नष्ट भी कर सकती है। यह अग्नि का दोष नहीं है।

41. यही दुनिया है यदि तुम किसी का उपकार करो, तो लोग उसे कोई महत्त्व नहीं देंगे। किन्तु ज्यों ही तुम उस कार्य को बंद कर दोगे, वे तुरन्त तुम्हें बदमाश प्रमाणित करने में नहीं हिचकिचायेंगे।

42. यह देश धर्म, दर्शन और प्रेम की जन्मभूमि है। ये सब चीजें अभी भी भारत में विद्यमान है। मुझे इस दुनिया की जो जानकारी है, उसके बल पर दृढ़तापूर्वक कह सकता हूं कि इन बातों में भारत अन्य देशों की अपेक्षा अब भी श्रेष्ठ है।

43. हमें ऐसी शिक्षा चाहिए जिससे चरित्र का निर्माण हो, मन की शक्ति बढ़े, बुद्धि का विकास हो और मनुष्य अपने पैर पर खड़ा हो सके।

44. अनुभव ही आपका सर्वोत्तम शिक्षक है। जब तक जीवन है सीखते रहो।

45. शिक्षा का अर्थ है उस पूर्णता को व्यक्त करना जो सब मनुष्यों में पहले से विद्यमान है।

46. प्रेम विस्तार है, स्वार्थ संकुचन है। इसलिए प्रेम जीवन का सिद्धांत है। वह जो प्रेम करता है जीता है। वह जो स्वार्थी है मर रहा है। इसलिए प्रेम के लिए प्रेम करो, क्यूंकि जीने का यही एक मात्र सिद्धांत है। वैसे ही जैसे कि तुम जीने के लिए सांस लेते हो।

47. बल ही जीवन है और दुर्बलता मृत्यु।

48. अगर स्वाद की इंद्रिय को ढील दी, तो सभी इन्द्रियां बेलगाम दौड़ेंगी।

49. किसी की निंदा ना करें। अगर आप मदद के लिए हाथ बढ़ा सकते हैं तो जरूर बढाएं। अगर नहीं बढ़ा सकते तो अपने हाथ जोड़िये, अपने भाइयों को आशीर्वाद दीजिये और उन्हें उनके मार्ग पे जाने दीजिये।

50. धर्म कल्पना की चीज नहीं है, प्रत्यक्ष दर्शन की चीज है। जिसने एक भी महान आत्मा के दर्शन कर लिए वह अनेक पुस्तकी पंडितों से बढ़कर है।

51. मस्तिष्क की शक्तियां सूर्य की किरणों के समान हैं। जब वो केन्द्रित होती हैं, चमक उठती हैं।

52. जितना हम दूसरों के साथ अच्छा करते हैं उतना ही हमारा हृदय पवित्र हो जाता है और भगवान उसमें बसता है।

53. अगर धन दूसरों की भलाई करने में मदद करे तो इसका कुछ मूल्य है। अन्यथा ये सिर्फ बुराई का एक ढेर है और इससे जितना जल्दी छुटकारा मिल जाये उतना बेहतर है।

54. यदि स्वयं में विश्वास करना और अधिक विस्तार से पढ़ाया और अभ्यास कराया गया होता तो मुझे यकीन है कि बुराइयों और दुःख का एक बहुत बड़ा हिस्सा गायब हो गया होता।

55. मनुष्य जितना अपने अंदर से करुणा, दयालुता और प्रेम से भरा होगा, वह संसार को भी उसी तरह पायेगा।

56. यदि संसार में कहीं कोई पाप है तो वह है दुर्बलता। हमें हर प्रकार की

कमजोरी या दुर्बलता को दूर करना चाहिए। दुर्बलता पाप है, दुर्बलता मृत्यु के समान है।

57. दिन-रात अपने मस्तिष्क को उच्चकोटि के विचारों से भरो। जो फल प्राप्त होगा वह निश्चित ही अनोखा होगा।

58. कभी मत सोचिये कि आत्मा के लिए कुछ असंभव है। ऐसा सोचना सबसे बड़ा अधर्म है। अगर कोई पाप है, तो वो यही है ये कहना कि तुम निर्बल हो या अन्य निर्बल हैं।

59. आप अपने को जैसा सोचेंगे आप वैसे ही बन जाएंगे। यदि आप स्वयं को कमजोर मानते हैं तो आप कमजोर ही होंगे और यदि आप स्वयं को मजबूत सोचते हैं तो आप मजबूत हो जाएंगे।

60. केवल उन्हीं का जीवन, जीवन है जो दूसरों के लिए जीते हैं। अन्य सब तो जीवित होने से अधिक मृत हैं।

61. आकांक्षा, अज्ञानता और असमानता– यह बंधन की त्रिमूर्तियां हैं।

62. ज्ञान का प्रकाश सभी अंधेरों को खत्म कर देता है।

63. दिन में कम से कम एक बार खुद से जरूर बात करें अन्यथा आप एक उत्कृष्ट व्यक्ति के साथ एक बैठक गँवा देंगे।

64. ज्ञान स्वयं में वर्तमान है, मनुष्य केवल उसका आविष्कार करता है।

65. जहां दुर्बलता और जड़ता है वहां क्षमा का कोई मूल्य नहीं, वहां युद्ध ही श्रेयस्कर है। जब तुम यह समझो कि सरलता से तुम विजय प्राप्त कर सकते हो तभी क्षमा करना। संसार युद्ध क्षेत्र है। युद्ध करके ही अगना मार्ग साफ करो।

66. हम जो बोते हैं वो काटते हैं। हम स्वयं अपने भाग्य के निर्माता हैं।

67. हम हमेशा अपनी कमजोरी को अपनी शक्ति बताने की कोशिश करते हैं, अपनी भावुकता को प्रेम कहते हैं और अपनी कायरता को धैर्य।

68. जिस तरह से विभिन्न स्रोतों से उत्पन्न धाराएँ अपना जल समुद्र में मिला देती हैं। उसी प्रकार मनुष्य द्वारा चुना हर मार्ग, चाहे अच्छा हो या बुरा, भगवान तक जाता है।

69. लगातार श्रम करना ही आपकी सफलता का साथी है इसलिए श्रम को सकारात्मक बनाएं, विनाशक नहीं। श्रम एक अपराधी भी करता है लेकिन उसका लक्ष्य सिर्फ किसी को नुकसान पहुंचाना या फिर किसी की जान लेना ही होता है।

70. जिस शिक्षा से हम अपना जीवन निर्माण कर सकें, मनुष्य बन सकें, चरित्र गठन कर सकें और विचारों की सामंजस्य कर सकें। वही वास्तव में शिक्षा कहलाने योग्य है।

71. सत्य, प्राचीन अथवा आधुनिक किसी समाज का सम्मान नहीं करता। समाज को ही सत्य का सम्मान करना पड़ेगा, अन्यथा समाज का विनाश हो जाएगा। सत्य ही हमारे सारे प्राणियों और समाजों का मूल आधार है, अतः सत्य कभी भी समाज के अनुसार अपना गठन नहीं करेगा। वही समाज सबसे श्रेष्ठ है, जहाँ सभी सत्यों को कार्य में परिवर्तित किया जा सकता है। यही मेरा मत है और यदि समाज इस समय उच्चतम सत्यों को स्थान देने में समर्थ नहीं है तो उसे इस योग्य बनाओ। जितना शीघ्र तुम ऐसा कर सको उतना ही अच्छा।

72. जो सत्य है उसे साहसपूर्वक निर्भीक होकर लोगों से कहो। उससे किसी को कष्ट होता है या नहीं इस ओर ध्यान मत दो। दुर्बलता को कभी प्रश्रय मत दो। सत्य की ज्योति बुद्धिमान मनुष्यों के लिए यदि अत्यधिक मात्रा में प्रखर प्रतीत होती है और उन्हें बहा ले जाती है तो ले जाने दो। वे जितना शीघ्र बह जाएँ उतना अच्छा ही है।

73. तुम अपनी अंतःस्थ आत्मा को छोड़ किसी और के सामने सिर मत झुकाओ। जब तक तुम यह अनुभव नहीं करते कि तुम स्वयं देवों के देव हो, तब तक तुम मुक्त नहीं हो सकते।

74. ईश्वर ही ईश्वर की उपलब्धि कर सकता है। सभी जीवंत ईश्वर हैं, इस भाव से सब को देखो। मनुष्य का अध्ययन करो, मनुष्य ही जीवन्त काव्य है। जगत में जितने ईसा या बुद्ध हुए हैं, सभी हमारी ज्योति से ज्योतिष्मान हैं। इस ज्योति को छोड़ देने पर ये सब हमारे लिए और अधिक जीवित नहीं रह सकेंगे, मर जाएंगे। तुम अपनी आत्मा के ऊपर स्थिर रहो।

75. मानव-देह ही सर्वश्रेष्ठ देह है एवं मनुष्य ही सर्वोच्च प्राणी है क्यूंकि इस मानव-देह तथा इस जन्म में ही हम इस सापेक्षिक जगत् से संपूर्णतया बाहर

हो सकते हैं, निश्चय ही मुक्ति की अवस्था प्राप्त कर सकते हैं और यह मुक्ति ही हमारा चरम लक्ष्य है।

76. जो मनुष्य इसी जन्म में मुक्ति प्राप्त करना चाहता है उसे एक ही जन्म में हजारों वर्ष का काम करना पड़ेगा। वह जिस युग में जन्मा है उससे उसे बहुत आगे जाना पड़ेगा, किन्तु साधारण लोग किसी तरह रेंगते-रेंगते ही आगे बढ़ सकते हैं।

77. जो महापुरुष प्रचार-कार्य के लिए अपना जीवन समर्पित कर देते हैं वे उन महापुरुषों की तुलना में अपेक्षाकृत अपूर्ण हैं जो मौन रहकर पवित्र जीवनयापन करते हैं और श्रेष्ठ विचारों का चिन्तन करते हुए जगत् की सहायता करते हैं। इन सभी महापुरुषों में एक के बाद दूसरे का आविर्भाव होता है। अंत में उनकी शक्ति का चरम फलस्वरूप ऐसा कोई शक्तिसम्पन्न पुरुष आविर्भूत होता है, जो जगत् को शिक्षा प्रदान करता है।

78. आध्यात्मिक दृष्टि से विकसित हो चुकने पर धर्मसंघ में बना रहना अवांछनीय है। उससे बाहर निकलकर स्वाधीनता की मुक्त वायु में जीवन व्यतीत करो।

79. मुक्ति-लाभ के अतिरिक्त और कौन-सी उच्चावस्था का लाभ किया जा सकता है? देवदूत कभी कोई बुरे कार्य नहीं करते इसलिए उन्हें कभी दंड भी प्राप्त नहीं होता, अतएव वे मुक्त भी नहीं हो सकते। सांसारिक धक्का ही हमें जगा देता है, वही इस जगत्स्वप्न को भंग करने में सहायता पहुँचाता है। इस प्रकार के लगातार आघात ही इस संसार से छुटकारा पाने की अर्थात् मुक्ति-लाभ करने की हमारी आकांक्षा को जाग्रत करते हैं।

80. हमारी नैतिक प्रकृति जितनी उन्नत होती है, उतना ही उच्च हमारा प्रत्यक्ष अनुभव होता है और उतनी ही हमारी इच्छा शक्ति अधिक बलवती होती है।

81. मन का विकास करो और उसका संयम करो, उसके बाद जहाँ इच्छा हो वहाँ इसका प्रयोग करो। उससे अति शीघ्र फल प्राप्ति होगी। यह है- यथार्थ आत्मोन्नति का उपाय। एकाग्रता सीखो और जिस ओर इच्छा हो उसका प्रयोग करो। ऐसा करने पर तुम्हें कुछ खोना नहीं पड़ेगा। जो समस्त को प्राप्त करता है, वह अंश को भी प्राप्त कर सकता है।

82. पहले स्वयं संपूर्ण मुक्तावस्था प्राप्त कर लो, उसके बाद इच्छा करने पर फिर अपने को सीमाबद्ध कर सकते हो। प्रत्येक कार्य में अपनी समस्त शक्ति का प्रयोग करो।

83. सभी मरेंगे साधु या असाधु, धनी या दरिद्र सभी मरेंगे। चिर काल तक किसी का शरीर नहीं रहेगा। अतएव उठो, जागो और संपूर्ण रूप से निष्कपट हो जाओ। भारत में घोर कपट समा गया है। चाहिए चरित्र, चाहिए इस तरह की दृढ़ता और चरित्र का बल जिससे मनुष्य आजीवन दृढ़व्रत बन सके।

84. संन्यास का अर्थ है- मृत्यु के प्रति प्रेम। सांसारिक लोग जीवन से प्रेम करते हैं परन्तु संन्यासी के लिए प्रेम करना ही 'मृत्यु' है लेकिन इसका मतलब यह नहीं है कि हम आत्महत्या कर लें। आत्महत्या करने वालों को तो कभी मृत्यु प्यारी नहीं होती है। संन्यासी का धर्म है- समस्त संसार के हित के लिए निरंतर आत्मत्याग करते हुए धीरे-धीरे मृत्यु को प्राप्त हो जाना।

85. हे सखे! तुम क्यों रो रहे हो? सब शक्ति तो तुम्हीं में हैं। हे भगवन्! अपना ऐश्वर्यमय स्वरूप को विकसित करो। ये तीनों लोक तुम्हारे पैरों के नीचे हैं। जड़ की कोई शक्ति नहीं प्रबल शक्ति आत्मा की है। हे विद्वन! डरो मत, तुम्हारा नाश नहीं है, संसार-सागर से पार उतरने का उपाय है। जिस पथ के अवलम्बन से यती लोग संसार-सागर के पार उतरे हैं, वही श्रेष्ठ पथ मैं तुम्हें दिखाता हूँ।

86. बड़े-बड़े दिग्गज बह जायेंगे। छोटे-मोटे की तो बात ही क्या है! तुम लोग कमर कसकर कार्य में जुट जाओ, हुंकार मात्र से हम दुनिया को पलट देंगे। अभी तो केवल मात्र प्रारम्भ ही है। किसी के साथ विवाद न कर हिल-मिलकर अग्रसर हो। यह दुनिया भयानक है, किसी पर विश्वास नहीं है। डरने का कोई कारण नहीं है, माँ मेरे साथ है। इस बार ऐसे कार्य होंगे कि तुम चकित हो जाओगे। भय किस बात का? किसका भय? वज्र जैसा हृदय बनाकर कार्य में जुट जाओ।

87. तुमने बहुत बहादुरी की है। शाबाश! हिचकने वाले पीछे रह जायेंगे और तुम कूद कर सबके आगे पहुँच जाओगे। जो अपने उद्धार में लगे हुए हैं, वे न तो अपना उद्धार ही कर सकेंगे और न दूसरों का। ऐसा शोर-गुल मचाओ की उसकी आवाज दुनिया के कोने कोने में फैल जाये। कुछ लोग ऐसे हैं जो कि दूसरों की त्रुटियों को देखने के लिए तैयार बैठे हैं, किन्तु कार्य करने के समय उनका पता नही चलता है। जुट जाओ, अपनी शक्ति के अनुसार आगे बढ़ो। इसके बाद मैं भारत पहुँच कर सारे देश में उत्तेजना फूँक दूंगा। डर किस बात

का है? नहीं है, नहीं है, कहने से साँप का विष भी नहीं रहता है। नहीं, नहीं कहने से तो 'नहीं' हो जाना पड़ेगा। खूब शाबाश! छान डालो, सारी दुनिया को छान डालो। अफसोस! इस बात का है कि यदि मुझ जैसे दो-चार व्यक्ति भी तुम्हारे साथी होते।

88. तमाम संसार हिल उठता। क्या करूँ धीरे-धीरे अग्रसर होना पड़ रहा है। तूफान मचा दो तूफान।

89. जिस प्रकार स्वर्ग में, उसी प्रकार इस नश्वर जगत में भी तुम्हारी इच्छा पूर्ण हो क्यूंकि अनन्त काल के लिए जगत में तुम्हारी ही महिमा घोषित हो रही है एवं सब कुछ तुम्हारा ही राज्य है।

90. श्रेयांसि बहुविघ्नानि-अच्छे कर्मों में कितने ही विघ्न आते हैं... प्रलय मचाना ही होगा, इससे कम में किसी तरह नहीं चल सकता। कुछ परवाह नहीं। दुनिया भर में प्रलय मच जायेगा, वाह! गुरु की फतह! अरे भाई श्रेयांसि बहुविघ्नानि, उन्ही विघ्नों की रेल-पेल में आदमी तैयार होता है। मिशनरी-फिशनरी का काम थोड़े ही है जो यह धक्का सम्हाले! बड़े-बड़े बह गये, अब गडरिये का काम है जो थाह ले? यह सब नहीं चलने का भैया कोई चिन्ता न करना। सभी कामों में एक दल शत्रुता ठानता है। अपना काम करते जाओ किसी की बात का जवाब देने से क्या काम? सत्यमेव जयते नानृतं, सत्येनैव पन्था विततो देवयानः (सत्य की ही विजय होती है, मिथ्या की नहीं, सत्य के ही बल से देवयानमार्ग की गति मिलती है।)... धीरे-धीरे सब होगा।

91. वीरता से आगे बढ़ो। एक दिन या एक साल में सिद्धि की आशा न रखो। उच्चतम आदर्श पर दृढ़ रहो। स्थिर रहो। स्वार्थपरता और ईर्ष्या से बचो। आज्ञा-पालन करो। सत्य, मनुष्य-जाति और अपने देश के पक्ष पर सदा के लिए अटल रहो और तुम संसार को हिला दोगे। याद रखो व्यक्ति और उसका जीवन ही शक्ति का स्रोत है इसके सिवाय अन्य कुछ भी नहीं।

92. इस तरह का दिन क्या कभी होगा कि परोपकार के लिए जान जायेगी? दुनिया बच्चों का खिलवाड़ नहीं है। बड़े आदमी वो हैं जो अपने हृदय-रुधिर से दूसरों का रास्ता तैयार करते हैं। यही सदा से होता आया है। एक आदमी अपना शरीर-पात करके सेतु निर्माण करता है और हजारों आदमी उसके ऊपर से नदी पार करते हैं। एवमस्तु एवमस्तु, शिवोहम् शिवोहम् (ऐसा ही हो, ऐसा ही हो, मैं ही शिव हूँ, मैं ही शिव हूँ।)

93. मैं चाहता हूँ कि मेरे सब बच्चे, मैं जितना उन्नत बन सकता था, उससे सौगुना उन्नत बनें। तुम लोगों में से प्रत्येक को महान शक्तिशाली बनना होगा। मैं कहता हूँ अवश्य बनना होगा। आज्ञा-पालन, ध्येय के प्रति अनुराग तथा ध्येय को कार्यरूप में परिणत करने के लिए सदा प्रस्तुत रहना। इन तीनों के रहने पर कोई भी तुम्हे अपने मार्ग से विचलित नहीं कर सकता।

94. मन और मुँह को एक करके भावों को जीवन में कार्यान्वित करना होगा। इसी को श्री रामकृष्ण कहा करते थे, "भाव के घर में किसी प्रकार की चोरी न होने पाये।" सब विषयों में व्यावहारिक बनना होगा। लोगों या समाज की बातों पर ध्यान न देकर वे एकाग्र मन से अपना कार्य करते रहेंगे। क्या तुने नहीं सुना, कबीरदास के दोहे में है "हाथी चले बाजार, कुत्ते भोंके हजार साधुन को दुर्भाव नहिं, जो निन्दे संसार" ऐसे ही चलना है। दुनिया के लोगों की बातों पर ध्यान नहीं देना होगा। उनकी भली-बुरी बातों को सुनने से जीवन भर कोई किसी प्रकार का महत् कार्य नहीं कर सकता।

95. अन्त में प्रेम की ही विजय होती है। हैरान होने से काम नहीं चलेगा। ठहरो! धैर्य धारण करने पर सफलता अवश्यम्भावी है। तुमसे कहता हूँ देखना, कोई बाहरी अनुष्ठानपद्धति आवश्यक न हो। बहुत्व में एकत्व सार्वजनिन भाव में किसी तरह की बाधा न हो। यदि आवश्यक हो तो "सार्वजनीनता" के भाव की रक्षा के लिए सब कुछ छोड़ना होगा। मैं मरूँ चाहे बचूँ, देश जाऊँ या न जाऊँ, तुम लोग अच्छी तरह याद रखना कि सार्वजनीनता हम लोग केवल इसी भाव का प्रचार नहीं करते कि "दूसरों के धर्म का द्वेष न करना" नहीं, हम सब लोग सब धर्मों को सत्य समझते हैं और उनका ग्रहण भी पूर्ण रूप से करते हैं। हम इसका प्रचार भी करते हैं और इसे कार्य में परिणत कर दिखाते हैं। सावधान रहना, दूसरे के अत्यन्त छोटे अधिकार में भी हस्तक्षेप न करना। इसी भँवर में बड़े-बड़े जहाज डूब जाते हैं। पूरी भक्ति परन्तु कट्टरता छोड़कर दिखानी होगी। याद रखना उनकी कृपा से सब ठीक हो जायेगा।

96. जिस तरह हो, इसके लिए हमें चाहे जितना कष्ट उठाना पड़े चाहे कितना ही त्याग करना पड़े यह भाव (भयानक ईर्ष्या) हमारे भीतर न घुसने पाये। हम दस ही क्यों न हों, दो क्यों न रहें, परवाह नहीं परन्तु जितने हों सम्पूर्ण शुध्दचरित्र हों।

97. नीतिपरायण तथा साहसी बनों, अन्तः करण पूर्णतया शुद्ध रहना चाहिए। पूर्ण नीतिपरायण तथा साहसी बनों। प्राणों के लिए भी कभी न डरो। कायर लोग ही पापाचरण करते हैं, वीर पुरुष कभी भी पापानुष्ठान नहीं करते। यहाँ तक कि कभी वे मन में भी पाप का विचार नहीं लाते। प्राणिमात्र से प्रेम करने का प्रयास करो। बच्चो, तुम्हारे लिए नीतिपरायणता तथा साहस को छोड़कर और कोई दूसरा धर्म नहीं। इसके सिवाय और कोई धार्मिक मत-मतान्तर तुम्हारे लिए नहीं है। कायरता, पाप, असदाचरण तथा दुर्बलता तुममें एकदम नहीं रहनी चाहिए, बाकी आवश्यकीय वस्तुएँ अपने आप आकर उपस्थित होंगी।

98. शक्तिमान, उठो तथा सामर्थ्यशाली बनो। कर्म, निरन्तर कर्म, संघर्ष, निरन्तर संघर्ष! अलमिति। पवित्र और निःस्वार्थी बनने की कोशिश करो। सारा धर्म इसी में है।

99. क्या संस्कृत पढ़ रहे हो? कितनी प्रगति हुई है? आशा है कि प्रथम भाग तो अवश्य ही समाप्त कर चुके होंगे। विशेष परिश्रम के साथ संस्कृत सीखो।

100. शत्रु को पराजित करने के लिए ढाल तथा तलवार की आवश्यकता होती है। इसलिए अंग्रेजी और संस्कृत का अध्ययन मन लगाकर करो।

101. बच्चों, धर्म का रहस्य आचरण से जाना जा सकता है, व्यर्थ के मतवादों से नहीं। सच्चा बनना तथा सच्चा बर्ताव करना इसमें ही समग्र धर्म निहित है, जो केवल प्रभु-प्रभु की रट लगाता है वह नहीं, किन्तु जो उस परम पिता के इच्छानुसार कार्य करता है वही धार्मिक है। यदि कभी-कभी तुमको संसार का थोड़ा-बहुत धक्का भी खाना पड़े तो उससे विचलित न होना। मुहूर्त भर में वह दूर हो जायेगा तथा सारी स्थिति पुनः ठीक हो जायेगी।

102. बालकों, दृढ़ बने रहो, मेरी सन्तानों में से कोई भी कायर न बने। तुम लोगों में जो सबसे अधिक साहसी है सदा उसका साथ करो। बिना विघ्न-बाधाओं के क्या कभी कोई महान कार्य हो सकता है? समय, धैर्य तथा अदम्य इच्छा-शक्ति से ही कार्य हुआ करता है। मैं तुम लोगों को ऐसी बहुत-सी बातें बतलाता जिससे तुम्हारे हृदय उछल पड़ते, किन्तु मैं ऐसा नहीं करूँगा। मैं तो लोहे के सदृश दृढ़ इच्छा-शक्ति सम्पन्न हृदय चाहता हूँ जो कभी कम्पित न हो। दृढ़ता के साथ लगे रहो, प्रभु! तुम्हें आशीर्वाद दे। सदा शुभकामनाओं के साथ... तुम्हारा विवेकानंद।

103. भाग्य बहादुर और कर्मठ व्यक्ति का ही साथ देता है। पीछे मुड़कर मत देखो, आगे अपार शक्ति, अपरिमित उत्साह, अमित साहस और निस्सीम धैर्य की आवश्यकता है और तभी महत कार्य निष्पन्न किये जा सकते हैं। हमें पूरे विश्व को उद्दीप्त करना है।

104. पवित्रता, धैर्य तथा प्रयत्न के द्वारा सारी बाधाएँ दूर हो जाती हैं। इसमें कोई सन्देह नहीं कि महान कार्य सभी धीरे-धीरे होते हैं।

105. साहसी होकर काम करो। धीरज और स्थिरता से काम करना यही एक मार्ग है। आगे बढ़ो और याद रखो धीरज, साहस, पवित्रता और अनवरत कर्म। जब तक तुम पवित्र होकर अपने उद्देश्य पर डटे रहोगे तब तक तुम कभी निष्फल नहीं होगे। माँ तुम्हें कभी न छोड़ेगी और पूर्ण आशीर्वाद के तुम पात्र हो जाओगे।

106. बच्चों, जब तक तुम लोगों को भगवान तथा गुरु में भक्ति तथा सत्य में विश्वास रहेगा, तब तक कोई भी तुम्हें नुकसान नहीं पहुँचा सकता। किन्तु इनमें से एक के भी नष्ट हो जाने पर परिणाम विपत्तिजनक है।

107. महाशक्ति का तुममें संचार होगा, कदापि भयभीत मत होना। पवित्र होओ, विश्वासी होओ और आज्ञापालक होओ।

108. बिना पाखण्डी और कायर बने सबको प्रसन्न रखो। पवित्रता और शक्ति के साथ अपने आदर्श पर दृढ़ रहो और फिर तुम्हारे सामने कैसी भी बाधाएँ क्यों न हों, कुछ समय बाद संसार तुमको मानेगा ही।

109. धीरज रखो और मृत्युपर्यन्त विश्वासपात्र रहो। आपस में न लड़ो। रुपये-पैसे के व्यवहार में शुद्ध भाव रखो। हम अभी महान कार्य करेंगे। जब तक तुममें ईमानदारी, भक्ति और विश्वास है, तब तक प्रत्येक कार्य में तुम्हे सफलता मिलेगी।

110. जो पवित्र तथा साहसी है, वही जगत् में सब कुछ कर सकता है। माया-मोह से प्रभु सदा तुम्हारी रक्षा करें। मैं तुम्हारे साथ काम करने के लिए सदैव प्रस्तुत हूँ एवं हम लोग यदि स्वयं अपने मित्र रहें तो प्रभु भी हमारे लिए सैकड़ों मित्र भेजेंगे, आत्मैव ह्यात्मनो बन्धुः।

111. ईर्ष्या तथा अंहकार को दूर कर दो। संगठित होकर दूसरों के लिए कार्य करना सीखो।

112. पूर्णतः निःस्वार्थ रहो, स्थिर रहो और काम करो। एक बात और है, सबके सेवक बनो और दूसरों पर शासन करने का तनिक भी यत्न न करो क्यूंकि इससे ईर्ष्या उत्पन्न होगी और इससे हर चीज बर्बाद हो जायेगी। आगे बढ़ो तुमने बहुत अच्छा काम किया है। हम अपने भीतर से ही सहायता लेंगे अन्य सहायता के लिए हम प्रतीक्षा नहीं करते। मेरे बच्चे आत्मविश्वास रखो, सच्चे और सहनशील बनो।

113. यदि तुम स्वयं ही नेता के रूप में खड़े हो जाओगे तो तुम्हें सहायता देने के लिए कोई भी आगे न बढ़ेगा। यदि सफल होना चाहते हो तो पहले 'अहं' ही नाश कर डालो।

114. पक्षपात ही सब अनर्थों का मूल है, यह न भूलना। अर्थात् यदि तुम किसी के प्रति अन्य की अपेक्षा अधिक प्रीति-प्रदर्शन करते हो, तो याद रखो उसी से भविष्य में कलह का बिजारोपण होगा।

115. यदि कोई तुम्हारे समीप अन्य किसी साथी की निन्दा करना चाहे तो तुम उस ओर बिल्कुल ध्यान न दो। इन बातों को सुनना भी महान पाप है, उससे भविष्य में विवाद का सूत्रपात होगा।

116. गम्भीरता के साथ शिशु सरलता को मिलाओ। सबके साथ मेल से रहो। अहंकार के सब भाव छोड़ दो और साम्प्रदायिक विचारों को मन में न लाओ। व्यर्थ विवाद महापाप है।

117. बच्चे, जब तक तुम्हारे हृदय में उत्साह एवं गुरु तथा ईश्वर में विश्वास ये तीनों वस्तुएँ रहेंगी तब तक तुम्हें कोई भी दबा नहीं सकता। मैं दिनोदिन अपने हृदय में शक्ति के विकास का अनुभव कर रहा हूँ। हे साहसी बालकों! कार्य करते रहो।

118. किसी को उसकी योजनाओं में हतोत्साह नहीं करना चाहिए। आलोचना की प्रवृत्ति का पूर्णतः परित्याग कर दो। जब तक वे सही मार्ग पर अग्रसर हो रहे हैं तब तक उनके कार्य में सहायता करो और जब कभी तुमको उनके कार्य में कोई गलती नजर आये तो नम्रतापूर्वक गलती के प्रति उनको सजग कर दो। एक दूसरे की आलोचना ही सब दोषों की जड़ है। किसी भी संगठन को विनष्ट करने में इसका बहुत बड़ा हाथ है।

119. किसी बात से तुम उत्साहहीन न होओ जब तक ईश्वर की कृपा हमारे ऊपर है। कौन इस पृथ्वी पर हमारी उपेक्षा कर सकता है? यदि तुम अपनी अन्तिम

साँस भी ले रहे हो तो भी न डरना। सिंह की शूरता और पुष्प की कोमलता के साथ काम करते रहो।

120. क्या तुम नहीं अनुभव करते कि दूसरों के ऊपर निर्भर रहना बुद्धिमानी नहीं है। बुद्धिमान व्यक्ति को अपने ही पैरों पर दृढ़तापूर्वक खड़ा होकर कार्य करना चाहिए। धीरे-धीरे सब कुछ ठीक हो जाएगा।

121. आओ हम नाम, यश और दूसरों पर शासन करने की इच्छा से रहित होकर काम करें। काम, क्रोध एंव लोभ इस त्रिविध बन्धन से हम मुक्त हो जायें और फिर सत्य हमारे साथ रहेगा।

122. न टालो, न ढूँढों भगवान अपनी इच्छानुसार जो कुछ भेजें, उसके लिए प्रतिक्षा करते रहो, यही मेरा मूलमंत्र है।

123. शक्ति और विश्वास के साथ लगे रहो। सत्यनिष्ठा, पवित्र और निर्मल रहो तथा आपस में न लड़ो। हमारी जाति का रोग ईर्ष्या ही है।

124. एक ही आदमी मेरा अनुसरण करे, किन्तु उसे मृत्युपर्यन्त सत्य और विश्वासी होना होगा। मैं सफलता और असफलता की चिन्ता नहीं करता। मैं अपने आन्दोलन को पवित्र रखूँगा, भले ही मेरे साथ कोई न हो। कपटी कार्यों से सामना पड़ने पर मेरा धैर्य समाप्त हो जाता है। यही संसार है कि जिन्हें तुम सबसे अधिक प्यार और सहायता करो, वे ही तुम्हे धोखा देंगे।

125. मेरा आदर्श अवश्य ही थोड़े से शब्दों में कहा जा सकता है। मनुष्य जाति को उसके दिव्य स्वरूप का उपदेश देना तथा जीवन के प्रत्येक क्षेत्र में उसे अभिव्यक्त करने का उपाय बताना।

126. जब कभी मैं किसी व्यक्ति को उस उपदेशवाणी (श्री रामकृष्ण के वाणी) के बीच पूर्ण रूप से निमग्न पाता हूँ जो भविष्य में संसार में शान्ति की वर्षा करने वाली है, तो मेरा ह्रदय आनन्द से उछलने लगता है। ऐसे समय मैं पागल नहीं हो जाता हूँ, यही आश्चर्य की बात है।

127. 'बसन्त की तरह लोग का हित करते हुए'- "यहि मेरा धर्म है। मुझे मुक्ति और भक्ति की चाह नहीं। लाखों नरकों में जाना मुझे स्वीकार है, बसन्तवल्लोकहितं चरन्तः- यही मेरा धर्म है।"

128. हर काम को तीन अवस्थाओं में से गुजरना होता है उपहास, विरोध और स्वीकृति। जो मनुष्य अपने समय से आगे विचार करता है, लोग उसे निश्चय

ही गलत समझते है। इसलिए विरोध और अत्याचार हम सहर्ष स्वीकार करते हैं, परन्तु मुझे दृढ़ और पवित्र होना चाहिए और भगवान में अपरिमित विश्वास रखना चाहिए, तब ये सब लुप्त हो जायेंगे।

129. यदि कोई भंगी हमारे पास भंगी के रूप में आता है तो छुतही बीमारी की तरह हम उसके स्पर्श से दूर भागते हैं। परन्तु जब उसके सीर पर एक कटोरा पानी डालकर कोई पादरी प्रार्थना के रूप में कुछ गुनगुना देता है और जब उसे पहनने को एक कोट मिल जाता है। वह कितना ही फटा-पुराना क्यों न हो तब चाहे वह किसी कट्टर से कट्टर हिन्दू के कमरे के भीतर पहुँच जाये उसके लिए कहीं रोक-टोक नहीं, ऐसा कोई नहीं जो उससे सप्रेम हाथ मिलाकर बैठने के लिए उसे कुर्सी न दे। इससे अधिक विडम्बना की बात क्या हो सकती है? आइए, देखिए तो सही दक्षिण भारत में पादरी लोग क्या गजब कर रहे हैं। ये लोग नीच जाति के लोगों को लाखों की संख्या मे ईसाई बना रहे हैं। वहाँ लगभग चौथाई जनसंख्या ईसाई हो गयी है। मैं उन बेचारों को क्यों दोष दूँ? हे भगवान, कब एक मनुष्य दूसरे से भाईचारे का बर्ताव करना सीखेगा।

130. प्रायः देखने में आता है कि अच्छे से अच्छे लोगों पर कष्ट और कठिनाइयाँ आ पड़ती हैं। इसका समाधान न भी हो सके फिर भी मुझे जीवन में ऐसा अनुभव हुआ है कि जगत में कोई ऐसी वस्तु नहीं जो मूल रूप में भली न हो। ऊपरी लहरें चाहे जैसी हों परन्तु वस्तु मात्र के अन्तराल में प्रेम एवं कल्याण का अनन्त भण्डार है। जब तक हम उस अन्तराल तक नहीं पहुँचते तभी तक हमें कष्ट मिलता है। एक बार उस शान्ति-मण्डल में प्रवेश करने पर फिर चाहे आँधी और तूफान के जितने तुमुल झकोरें आयें, वह मकान जो सदियों की पुरानी चट्टान पर बना है, हिल नहीं सकता।

131. यही दुनिया है, यदि तुम किसी का उपकार करो तो लोग उसे कोई महत्त्व नहीं देंगे किन्तु ज्यों-ही तुम उस कार्य को बन्द कर दो वे तुरन्त (ईश्वर न करे) तुम्हे बदमाश प्रमाणित करने में नहीं हिचकिचायेंगे। मेरे जैसे भावुक व्यक्ति अपने सगे-स्नेहियों द्वारा सदा ठगे जाते हैं।

132. मेरी केवल यह इच्छा है कि प्रतिवर्ष यथेष्ठ संख्या में हमारे नवयुवकों को चीन-जापान में आना चाहिए। जापानी लोगों के लिए आज भारतवर्ष उच्च और श्रेष्ठ वस्तुओं का स्वप्नराज्य है और तुम लोग क्या कर रहे हो? जीवन

भर केवल बेकार बातें किया करते हो व्यर्थ बकवास करने वालों, तुम लोग क्या हो? आओ, इन लोगों को देखो और उसके बाद जाकर लज्जा से मुँह छिपा लो। सठियाई बुद्धिवालों, तुम्हारी तो देश से बाहर निकलते ही जाति चली जायेगी। अपनी खोपड़ी में वर्षों के अन्धविश्वास का निरन्तर वृद्धिगत कूड़ा-कर्कट भरे बैठे सैकड़ों वर्षों से केवल आहार की छुआछूत के विवाद में ही अपनी सारी शक्ति नष्ट करनेवाले युगों के सामाजिक अत्याचार से अपनी सारी मानवता का गला घोटने वाले भला बताओ तो सही, तुम कौन हो? और तुम इस समय कर ही क्या रहे हो? किताबें हाथ में लिए तुम केवल समुद्र के किनारे फिर रहे हो। तीस रुपये की मुंशी-गीरी के लिए अथवा बहुत हुआ तो एक वकील बनने के लिए जी-जान से तड़प रहे हो। यही तो भारतवर्ष के नवयुवकों की सबसे बड़ी महत्त्वाकांक्षा है। तिस पर इन विद्यार्थियों के भी झुण्ड के झुण्ड बच्चे पैदा हो जाते हैं जो भूख से तड़पते हुए उन्हें घेरकर 'रोटी दो, रोटी दो' चिल्लाते रहते हैं। क्या समुद्र में इतना पानी भी न रहा कि तुम उसमें विश्वविद्यालय के डिप्लोमा, गाउन और पुस्तकों के समेत डूब मरो? आओ, मनुष्य बनो! उन पाखण्डी पुरोहितों को, जो सदैव उन्नत्ति के मार्ग में बाधक होते हैं, ठोकरें मारकर निकाल दो क्यूंकि उनका सुधार कभी न होगा। उनके हृदय कभी विशाल न होंगे। उनकी उत्पत्ति तो सैकडों वर्षों के अन्धविश्वासों और अत्याचारों के फलस्वरूप हुई है। पहले पुरोहिती पाखंड को जड़-मूल से निकाल फेंको। आओ, मनुष्य बनो। कूपमंडूकता छोड़ो और बाहर दृष्टि डालो। देखो, अन्य देश किस तरह आगे बढ़ रहे हैं। क्या तुम्हे मनुष्य से प्रेम है? यदि 'हाँ' तो आओ, हम लोग उच्चता और उन्नति के मार्ग में प्रयत्नशील हों। पीछे मुड़कर मत देखो, अत्यन्त निकट और प्रिय सम्बन्धी रोते हों तो रोने दो, पिछे देखो ही मत। केवल आगे बढ़ते जाओ। भारतमाता कम से कम एक हजार युवकों का बलिदान चाहती है। मस्तिष्क वाले युवकों का, पशुओं का नहीं। परमात्मा ने तुम्हारी इस निश्चेष्ट सभ्यता को तोड़ने के लिए ही अंग्रेजी राज्य को भारत में भेजा है।

133. न संख्या-शक्ति, न धन, न पाण्डित्य, न वाक-चातुर्य, कुछ भी नहीं बल्कि पवित्रता, शुद्ध जीवन, एक शब्द में अनुभूति, आत्म-साक्षात्कार को विजय मिलेगी। प्रत्येक देश में सिंह जैसी शक्तिमान दस-बारह आत्माएँ होने दो जिन्होंने अपने बन्धन तोड़ डाले हैं, जिन्होंने अनन्त का स्पर्श कर लिया है,

जिनका चित्र ब्रह्मानुसन्धान में लीन है, जो न धन की चिन्ता करते हैं, न बल की, न नाम की और ये व्यक्ति ही संसार को हिला डालने के लिए पर्याप्त होंगे।

134. यही रहस्य है! योग प्रवर्तक पंतजलि कहते हैं, "जब मनुष्य समस्त अलौकिक दैवी शक्तियों के लोभ का त्याग करता है तभी उसे धर्म मेघ नामक समाधि प्राप्त होती है। वह परमात्मा का दर्शन करता है वह परमात्मा बन जाता है और दूसरों को तदरूप बनने में सहायता करता है।" मुझे इसी का प्रचार करना है। जगत में अनेक मतवादों का प्रचार हो चुका है। लाखों पुस्तकें हैं, परन्तु हाय! कोई भी किंचित् अंश में प्रत्यक्ष आचरण नहीं करता।

135. एक महान रहस्य का मैंने पता लगा लिया है। वह यह कि केवल धर्म की बातें करने वालों से मुझे कुछ भय नहीं है और जो सत्यद्रष्ट महात्मा हैं, वे कभी किसी से बैर नहीं करते। वाचालों को वाचाल होने दो! वे इससे अधिक और कुछ नहीं जानते! उन्हे नाम, यश, धन, स्त्री से सन्तोष प्राप्त करने दो और हम धर्मोपलब्धि, ब्रह्मलाभ एवं ब्रह्म होने के लिए ही दृढ़व्रत होंगे। हम आमरण एवं जन्म-जन्मान्त में सत्य का ही अनुसरण करेंगें। दूसरों के कहने पर हम तनिक भी ध्यान न दें और यदि आजन्म यत्न के बाद एक देवल एक ही आत्मा संसार के बन्धनों को तोड़कर मुक्त हो सके तो हमने अपना काम कर लिया।

136. जो सबका दास होता है वही उनका सच्चा स्वामी होता है। जिसके प्रेम में ऊँच-नीच का विचार होता है वह कभी नेता नहीं बन सकता। जिसके प्रेम का कोई अन्त नहीं है, जो ऊँच-नीच सोचने के लिए कभी नहीं रुकता उसके चरणों में सारा संसार लोट जाता है।

137. वत्स! धीरज रखो, काम तुम्हारी आशा से बहुत ज्यादा बढ़ जाएगा। हर एक काम में सफलता प्राप्त करने से पहले सैंकड़ों कठिनाइयों का सामना करना पड़ता है। जो उद्यम करते रहेंगे, वे आज या कल सफलता को देखेंगे। परिश्रम करना है वत्स, कठिन परिश्रम! काम कांचन के इस चक्कर में अपने आप को स्थिर रखना और अपने आदर्शों पर जमे रहना, जब तक कि आत्मज्ञान और पूर्ण त्याग के साँचे में शिष्य न ढ़ल जाये, निश्चय ही कठिन काम है। जो प्रतिक्षा करता है उसे सब चीजें मिलती हैं। अनन्त काल तक तुम भाग्यवान बने रहो।

138. अकेले रहो, अकेले रहो! जो अकेला रहता है उसका किसी से विरोध नहीं होता, वह किसी की शान्ति भंग नहीं करता, न दूसरा कोई उसकी शान्ति भंग करता है।

139. मेरी दृढ़ धारणा है कि तुममें अन्धविश्वास नहीं है। तुममें वह शक्ति विद्यमान है जो संसार को हिला सकती है, धीरे-धीरे और भी अन्य लोग आयेंगे। 'साहसी' शब्द और उससे अधिक 'साहसी' कर्मों की हमें आवश्यकता है। उठो! उठो! संसार दु:ख से जल रहा है। क्या तुम सो सकते हो? हम बार-बार पुकारें, जब तक सोते हुए देवता न जाग उठें, जब तक अन्तर्यामी देव उस पुकार का उत्तर न दें। जीवन में और क्या है? इससे महान कर्म क्या है?

- स्वामी विवकानंद

14

स्वामी विवेकानंद से जुड़े प्रेरक प्रसंग व कहानियाँ

1. कण कण में छुपे हैं भगवान

स्वामी विवेकानंद को एक राजा ने अपने भवन में बुलाया और बोला, “तुम हिन्दू लोग मिट्टी, पीतल, पत्थर की मूर्ति की पूजा करते हो! पर मैं ये सब नहीं मानता। ये तो केवल एक पदार्थ है।” उस राजा के सिंहासन के पीछे किसी आदमी की तस्वीर लगी थी। विवेकानंद जी कि नजर उस तस्वीर पर पड़ी। विवेकानंद जी ने राजा से पूछा, “राजा जी, ये तस्वीर किसकी है?”

राजा बोला, “मेरे पिताजी की।”

स्वामी जी बोले, “उस तस्वीर को अपने हाथ में लीजिये।”

राजा ने तस्वीर अपने हाथ मे ले ली।

स्वामी जी राजा से : “अब आप इस तस्वीर पर थूकिए!”

राजा: “ये आप क्या बोल रहे हैं स्वामी जी?”

स्वामी जी: “मैंने कहा इस तस्वीर पर थूकिए!”

राजा (क्रोध से): “स्वामी जी! आप होश मे तो हैं ना? मैं ये काम नहीं कर सकता।”

स्वामी जी बोले, “क्यों? ये तस्वीर तो केवल एक कागज का टुकड़ा है और जिस पर कुछ रंग लगा है। इसमे ना तो जान है, ना आवाज, ना तो ये सुन सकता है, और ना ही कुछ बोल सकता है। इसमें ना ही हड्डी है और ना प्राण। फिर भी आप इस पर कभी थूक नहीं सकते क्यूंकि आप इसमें अपने पिता का स्वरूप देखते हो और आप इस तस्वीर का अनादर करना अपने पिता का अनादर करना ही समझते हो।

वैसे ही हम हिंदू भी उन पत्थर, मिट्टी या धातु की पूजा भगवान का स्वरूप मान कर करते हैं। भगवान तो कण-कण में हैं, पर एक आधार मानने के लिए और मन

को एकाग्र करने के लिए हम मूर्ति पूजा करते हैं।" तब राजा ने स्वामी जी के चरणों में गिर कर क्षमा माँगी।

2. माँ की महिमा

स्वामी विवेकानंद जी से एक जिज्ञासु ने प्रश्न किया, "माँ की महिमा संसार में किस कारण से गायी जाती है?" स्वामी जी मुस्कराए, उस व्यक्ति से बोले, पांच सेर वजन का एक पत्थर ले आओ। जब व्यक्ति पत्थर ले आया तो स्वामी जी ने उससे कहा, "अब इस पत्थर को किसी कपड़े में लपेटकर अपने पेट पर बाँध लो और चौबीस घंटे बाद मेरे पास आओ तो मैं तुम्हारे प्रश्न का उत्तर दूंगा।"

स्वामी जी के आदेशानुसार उस व्यक्ति ने पत्थर को अपने पेट पर बाँध लिया और चला गया। पत्थर बंधे हुए दिनभर वो अपना काम करता रहा, किन्तु हर क्षण उसे परेशानी और थकान महसूस हुई। शाम होते-होते पत्थर का बोझ संभाले हुए चलना फिरना उसके लिए असह्य हो उठा। थका मांदा वह स्वामी जी के पास पहुंचा और बोला, "मैं इस पत्थर को अब और अधिक देर तक बांधे नहीं रख सकूँगा। एक प्रश्न का उत्तर पाने के लिए मैं इतनी कड़ी सजा नहीं भुगत सकता।"

स्वामी जी मुस्कराते हुए बोले, "पेट पर इस पत्थर का बोझ तुमसे कुछ घंटे भी नहीं उठाया गया और माँ अपने गर्भ में पलने वाले शिशु को पूरे नौ माह तक ढोती है और गृहस्थी का सारा काम करती है। संसार में माँ के सिवा कोई इतना धैर्यवान और सहनशील नहीं है इसलिए माँ से बढ़ कर इस संसार में कोई और नहीं।"

3. स्वामी विवेकानन्द जैसा पुत्र

एक बार जब स्वामी विवेकानंद अमेरिका गए थे, एक महिला ने उनसे शादी करने की इच्छा जताई। जब स्वामी विवेकानंद ने उस महिला से ये पूछा कि आप ने ऐसा प्रश्न क्यूँ किया? उस महिला का उत्तर था कि वो उनकी बुद्धि से बहुत मोहित है और उसे एक ऐसे ही बुद्धिमान बच्चे की कामना है इसीलिए उसने स्वामी से ये प्रश्न किया कि क्या वो उससे शादी कर सकते हैं और उसे अपने जैसा एक बच्चा दे सकते हैं?

उन्होंने महिला से कहा कि चूँकि वो सिर्फ उनकी बुद्धि पर मोहित है इसलिए कोई समस्या नहीं है। उन्होंने कहा "मैं आपकी इच्छा को समझता हूँ। शादी करना और इस दुनिया में एक बच्चा लाना और फिर जानना कि वो बुद्धिमान है कि नहीं, इसमें बहुत

समय लगेगा। इसके अलावा ऐसा हो इसकी गारंटी भी नहीं है। इसके बजाये आपकी इच्छा को तुरंत पूरा करने हेतु मैं आपको एक सुझाव दे सकता हूँ। मुझे अपने बच्चे के रूप में स्वीकार कर लें। इस प्रकार आप मेरी माँ बन जाएँगी और इस प्रकार मेरे जैसे बुद्धिमान बच्चा पाने की आपकी इच्छा भी पूर्ण हो जाएगी।"

4. स्वामी विवेकानंद और सांड से टकराव

एक घटना विशेष रूप से उल्लेखनीय है। एक दिन एक अंग्रेज मित्र तथा मिस मूलर के साथ स्वामी विवेकानंद किसी मैदान में टहल रहे थे। उसी समय एक पागल सांड तेजी से उनकी ओर बढ़ने लगा। अंग्रेज सज्जन अपनी जान बचाने को जल्दी से भागकर पहाड़ी के दूसरी छोर पर जा खड़े हुए। कु. मूलर भी जितना हो सका दौड़ी और फिर घबराकर भूमि पर गिर पड़ी। स्वामी जी ने यह सब देखा और उन्हें सहायता पहुंचाने का कोई और उपाय न देखकर वे सांड के सामने खड़े हो गए और सोचने लगे 'चलो, अंत आ ही पहुंचा।'

बाद में उन्होंने बताया था कि उस समय उनका मन हिसाब करने में लगा हुआ था कि सांड उन्हें कितनी दूर फेंकेगा। परंतु कुछ कदम बढ़ने के बाद ही वह ठहर गया और अचानक ही अपना सिर उठाकर पीछे हटने लगा। स्वामी जी को पशु के समक्ष छोड़कर अपने कायरतापूर्ण पलायन पर वे अंग्रेज बड़े लज्जित हुए। कु. मूलर ने पूछा कि वे ऐसी खतरनाक परिस्थिति से सामना करने का साहस कैसे जुटा सकें। स्वामी जी ने पत्थर के दो टुकड़े उठाकर उन्हें आपस में टकराते हुए कहा कि 'खतरे और मृत्यु के समक्ष वे अपने को चकमक पत्थर के समान सबल महसूस करते हैं क्यूंकि मैंने ईश्वर के चरण स्पर्श किए हैं।' अपने बाल्यकाल में भी एक बार उन्होंने ऐसा ही साहस दिखाया था।

5. देने का आनंद पाने के आनंद से बड़ा होता है

उन दिनों स्वामी विवेकानंद अमेरीका में एक महिला के यहां ठहरे हुए थे, जहां अपना खाना वे खुद बनाते थे। एक दिन वे भोजन करने जा रहे थे कि कुछ भूखे बच्चे पास आकर खड़े हो गए। स्वामी विवेकानंद ने अपनी सारी रोटियां उन बच्चों में बांट दी। यह देख महिला ने उनसे पूछा, 'आपने सारी रोटियां उन बच्चों को दे डालीं। अब आप क्या खाएंगे?' उन्होंने मुस्कराकर जवाब दिया, 'रोटी तो पेट की ज्वाला शांत करने वाली चीज है। इस पेट में न सही, उस पेट में ही सही। देने का आनंद पाने के आनंद से बड़ा होता है।'

6. सामना करो अपने डर का

एक बार बनारस में एक मंदिर से निकलते हुए स्वामी विवेकानंद को बहुत सारे बंदरों ने घेर लिया। वे खुद को बचाने के लिए भागने लगे लेकिन बंदर उनका पीछा नहीं छोड़ रहे थे। पास खड़े एक वृद्ध संन्यासी ने उनसे कहा, 'रुको और उनका सामना करो!' विवेकानंद तुरंत पलटे और बंदरों की तरफ बढ़ने लगे। उनके इस रवैये से सारे बंदर भाग गए। इस घटना से उन्होंने सीख ग्रहण की कि डर कर भागने की अपेक्षा मुसीबत का सामना करना चाहिए। कई सालों बाद उन्होंने एक संबोधन में कहा भी, 'यदि कभी कोई चीज तुम्हें डराए तो उससे भागो मत। पलटो और सामना करो।'

7. दूसरों के पीछे मत भागो

एक व्यक्ति स्वामी विवेकानंद से बोला, 'मेहनत के बाद भी मैं सफल नहीं हो पा रहा।' इस पर उन्होंने उससे अपने डॉगी को सैर करा लाने के लिए कहा। जब वह वापस आया तो कुत्ता थका हुआ था पर उसका चेहरा चमक रहा था। इसका कारण पूछने पर उसने बताया, 'कुत्ता गली के कुत्तों के पीछे भाग रहा था जबकि मैं सीधे रास्ते चल रहा था।' स्वामी बोले, 'यही तुम्हारा जवाब है। तुम अपनी मंजिल पर जाने की जगह दूसरों के पीछे भागते रहते हो। अपनी मंजिल खुद तय करो।'

8. श्रेष्ठ है सादा जीवन

सादा जीवन जीने के पक्षधर थे- स्वामी विवेकानंद। वह भौतिक साधनों से दूर रहने की सीख दूसरों को दिया करते थे। वे मानते थे कि कुछ पाने के लिए पहले अनावश्यक चीजें त्याग देनी चाहिए और सादा जीवन जीना चाहिए। भौतिकतावादी सोच लालच बढ़ाकर हमारे लक्ष्य में बाधा बनती है।

9. रहो दिखावे से दूर

विदेश जाने पर एक बार स्वामी विवेकानंद से पूछा गया, 'आपका बाकी सामान कहां है?' उन्होंने उत्तर दिया, 'बस यही सामान है।' कुछ लोगों ने व्यंग्य करते हुए कहा, 'अरे! यह कैसी संस्कृति है आपकी? तन पर केवल एक भगवा चादर लपेट रखी है।' इस पर वह मुस्कराकर बोले, 'हमारी संस्कृति आपकी संस्कृति से अलग है। आपकी संस्कृति का निर्माण आपके दर्जी करते हैं जबकि हमारी संस्कृति का निर्माण हमारा

चरित्र करता है। संस्कृति वस्त्रों में नहीं चरित्र के विकास में है।' इससे हमें सीख मिलती है कि बाहरी दिखावे से दूर रह कर अपने चरित्र के विकास पर ध्यान देना चाहिए।

10. एकाग्रता सफलता की कुंजी

अमेरीका में भ्रमण करते हुए स्वामी विवेकानंद ने एक जगह देखा कि पुल पर खड़े कुछ लड़के नदी में तैर रहे अंडे के छिलकों पर बंदूक से निशाना लगाने की कोशिश कर रहे हैं। किसी का एक भी निशाना सही नहीं लग रहा था। तब वे एक लड़के से बंदूक लेकर खुद निशाना लगाने लगे। उन्होंने पहला निशाना बिल्कुल सही लगाया। फिर एक के बाद एक उन्होंने 12 निशाने सही लगाए। लड़कों ने आश्चर्य से पूछा, 'आप यह कैसे कर लेते हैं?' स्वामी विवेकानंद बोले, 'तुम जो भी कर रहे हो अपना पूरा दिमाग उसी एक काम में लगाओ। अगर तुम निशाना लगा रहे हो तो तुम्हारा पूरा ध्यान अपने लक्ष्य पर ही होना चाहिए। फिर कभी चूकोगे नहीं। अगर अपना पाठ पढ़ रहे हो तो केवल पाठ के बारे में सोचो। एकाग्रता ही सफलता की कुंजी है।'

❑

www.ingramcontent.com/pod-product-compliance
Lightning Source LLC
LaVergne TN
LVHW051124051026
849532LV00004BB/1661
* 9 7 8 9 3 9 0 6 0 5 6 3 7 *